Edgar Wallace

Nacherzählt von Alex Barclay

Das Silberne Dreieck

Band 11: Die schwarze Hand

Edgar Wallace

Nacherzählt
von Alex Barclay

Das Silberne Dreieck
und
Die schwarze Hand

C. Bertelsmann Jugendbuch

Einbandgestaltung: Klaus Renner unter Verwendung
einer Illustration von Charlotte Panowsky
Gesamtherstellung: Mohndruck Graphische Betriebe GmbH, Gütersloh
ISBN 3-570-08361-6 · Printed in Germany

1. Kapitel
Das Kreuz auf der Hand

Wenn sich Jones die Hände nicht schmutzig machen wollte, nahm er Billy Pyburn mit. Auf ihn konnte er sich hundertprozentig verlassen. Wenn Billy Pyburn mit seinen Pranken einmal richtig hinlangte, genügte das meistens.

Billy arbeitete billig. Für ein paar Shillinge tat er, was Jones von ihm verlangte. Ohne jemals eine Frage zu stellen. Zuverlässig und mit durchschlagendem Erfolg. Jones fürchtete nur, daß Billy eines Tages zu hart zuschlagen würde. Das konnte leicht geschehen, weil sich Billy Pyburn seiner Kräfte im Grunde genommen gar nicht bewußt war. Deshalb hatte er auch schon einmal dreizehn Jahre in Dartmoor verbracht. Totschlag. Billy selbst wußte nicht genau, was geschehen war. Er hatte nur einmal zugeschlagen, mit nackter Faust ...

Seit einem Jahr war er frei.

Er wohnte im Kellergewölbe eines halb zerfallenen Gebäudes im Stadtteil Notting Hill. Dort, wo Billy wohnte, hausten sonst nur Ratten. Und Ungeziefer. Manchmal fragte sich Jones, wie es Billy gelang, sich sauberzuhalten. Manchmal fragte er sich sogar, wie Billy dort in der Hintergasse überhaupt überleben konnte, keine zweihundert Yards entfernt von der High Street, in der immer ein geschäftiges Treiben herrschte.

Wenn Jones die Dienste von Billy Pyburn brauchte, ließ er ihm einfach von einem der Jungen, die in der Gegend herumstreunten, eine Nachricht zukommen. Er hatte Billy nur ein einziges Mal selbst aufgesucht. Manchmal erschienen ihm die Hausruine und das düstere Kellergewölbe noch jetzt in Träumen, aus denen er schweißgebadet aufwachte.

Es war Mittwoch, als Jones einen rotgesichtigen Gassenjungen ausschickte, um Billy Pyburn auszurichten, daß er ihn gegen sieben Uhr am Abend am alten Treffpunkt erwarte. Nur Billy wußte, was Jones mit dem alten Treffpunkt meinte. Der rotgesichtige Junge hatte keine Ahnung, und da er für seine Botendienste ein paar Pence erhielt, stellte er keine Fragen.

Es war fünf Uhr am Nachmittag. Ein bissiger Nordwind fegte durch die Straßen und Gassen von Notting Hill, einem Stadtteil am Westrand von London. Vor den kleinen Geschäften an der High Street brannten die Straßenlaternen. Auch die Schaufenster mit ihren Weihnachtsdekorationen waren erleuchtet. Einige Geschäftsleute hatten Sterne und Mistelzweige über den Eingang gehängt und Spruchbänder, auf denen sie ihren Kunden ein frohes Weihnachtsfest und ein gutes neues Jahr wünschten.

In den Hintergassen war es dunkel, aber der Junge kannte den Weg. Er hatte sich in einem Tabakwarenladen zwei Zigaretten gekauft, ohne Filter. Eine davon rauchte er jetzt. Die andere war für den Rückweg bestimmt. Mit dem Rest des Geldes wollte er seiner Schwester einen Lutscher kaufen, mit Himbeergeschmack. So einer, der einen Pence kostete und steinhart war. Schon einmal hatte sie sich daran einen Zahn ausgebissen, aber das war nicht weiter schlimm, weil sofort ein neuer Zahn nachwuchs.

Der Junge hieß Randy. Er lebte zusammen mit seiner Schwester und seiner Mutter in einer Mansardenwohnung. Manchmal war da auch ein Mann, der Jack hieß. An Weihnachten würde der Mann auch dasein, und dann würde es wieder Streit geben zwischen ihm und der Mutter. Randy wußte das ganz genau, denn es war immer so an Weihnachten, seit sein Vater nicht mehr lebte.

Randy stieß einen verbeulten Mülleimer an. Nur so im Vorbeigehen. Der Mülleimer rollte scheppernd über das Kopfsteinpflaster und schlug gegen eine Hausmauer. Irgendwo begann ein Hund zu kläffen. Unrat quoll aus dem Mülleimer. Der Wind wehte Papier durch die Gasse, und Randy fühlte sich wohler.

Bevor er zu dem alten Gebäude kam, in dem Billy Pyburn wohnte, rauchte er die Zigarette zu Ende. Er rauchte so lange, bis er die Kippe mit den Fingerspitzen nicht mehr halten konnte. Dann warf er sie achtlos weg. Er hatte einen üblen Geschmack im Mund, und mit seinem Kopf stimmte auch etwas nicht. Es fing jetzt leicht zu schneien an. Kleine kalte Flocken, die auf seinem Gesicht brannten, als er den Kopf hob und zum Himmel aufblickte, der nicht zu sehen war.

Er steckte die Hände tief in die Taschen seiner ausgebeulten Hose und schlenderte hinüber zu dem dunklen Gebäude, das sich schemenhaft vor ihm aus der Finsternis hob. Wie eine alte, halb zerfallene Burg, dachte er.

Nirgendwo brannte ein Licht, aber er kannte den Weg. Es war nicht das erstemal, daß er den Mann aufsuchte, der im Keller wohnte. Randy stieg über Trümmer hinweg und fand die Türöffnung, von der aus eine schmale Steintreppe hinabführte. Er blieb stehen, lauschte nach allen Richtungen und hielt den Atem an. Angst hatte er nicht. Früher, da wäre das anders gewesen. Er konnte sich erinnern, wie er sich gefürchtet hatte, in den Keller zu gehen und sein Fahrrad hochzuholen. Jetzt hatte er kein Fahrrad mehr. Außerdem war er immerhin fünfzehn Jahre alt. Da konnte er es sich kaum mehr leisten, vor der Dunkelheit Angst zu haben.

Trotzdem beschlich ihn ein unheimliches Gefühl, als er die Treppe hinunterstarrte. Er schwitzte sogar ein bißchen. Schnell nahm er die Hände aus der Tasche und rieb sie an der Hose ab. Er erinnerte sich an einen Film, den er gesehen hatte. Da war eine Mumie aus einer alten Gruft gestiegen und hatte Leute ermordet.

»Mach nur nicht in die Hose«, hörte er sich leise sagen. Seine eigene Stimme kam ihm fremd vor. Er lachte. Man kann sich selbst verrückt machen. Nur weil man Zeug denkt, das nicht existiert. Weil man den Tod fürchtet, als ob es ihn gäbe, dieses Knochengerüst im Kapuzenmantel, mit der Sense in der Hand und dem listigen Totenschädelgrinsen.

Randy ging langsam die Treppe hinunter. Einundzwanzig Stufen waren es. Die Luft schien wärmer zu werden. Es roch nach irgendwelchem Zeug. Nach toten Ratten vielleicht.

Unten blieb er stehen.

»Sir«, sagte er halblaut in die Finsternis hinein. Er nannte alle Erwachsenen »Sir«, ganz gleich, wer sie waren. »Sir, Mr. Jones schickt mich.«

Keine Antwort. Kein Geräusch. Nichts.

Randy fuhr sich mit der Zunge über die trockenen Lippen. Er war nicht allein hier drin. Das spürte er deutlich. Oder vielleicht war er doch allein. Es war ein seltsames Gefühl, so unwirklich, als träume er.

Er tastete sich vorwärts und stieß mit dem Fuß gegen Holz. Dann berührten seine Finger etwas Weiches. Stoff. Randy schrak zurück. Sein Herz schlug ihm jetzt bis in den Hals hinein. Zitternd suchte er in seiner Jackentasche nach den Streichhölzern, fand eines und riß es an. Die kleine Flamme leuchtete flackernd auf und erlosch sofort wieder. Trotzdem hatte Randy gesehen, daß vor ihm ein Mantel an der Wand hing. Er ließ das Streichholz fallen und holte ein anderes hervor.

»Sir«, sagte er noch einmal. »Ich bin's, Randy. Mr. Jones will, daß Sie um sieben Uhr am alten Treffpunkt sind.«

Randy wartete einen Moment. Irgendwo knisterte etwas. Ratten, dachte er. Er wich zurück. Gedämpft drang Hundegebell durch die dicken Mauern in den Keller.

Randy zündete das zweite Streichholz an. Und diesmal schützte er die Flamme mit den Händen. Der Lichtschein breitete sich schnell aus, verdrängte die Schatten an den rissigen Mauern und fiel über die Gestalt eines Mannes, der auf einer alten Matratze am Boden lag.

Der Mann war Billy Pyburn. Randy erkannte ihn sofort, obwohl sein Gesicht kalkweiß war und etwas verzerrt. Er hatte die Augen so weit offen, als starre er voller Entsetzen zur Decke. Auch den Mund hatte er aufgerissen, und für einen Moment erwartete Randy, daß er schreien würde. Aber kein Laut kam über die blassen Lippen, und während die Flamme zwischen Randys Händen langsam kleiner wurde, wurde ihm klar, daß vor seinen Füßen ein Toter lag.

Randy merkte, wie er am ganzen Körper zu beben anfing. Die Flamme flackerte bedrohlich. Schatten begannen an den Wänden zu tanzen wie Dämonen. Randy griff hastig in die Tasche. Die Flamme durfte auf keinen Fall verlöschen. Er fand eines der Schwefelhölzer und hielt es mit dem Kopf an die Flamme. Es dauerte Sekunden, bis das Feuer übersprang, zischend und funkensprühend. Randy ließ das abgebrannte Streichholz fallen. Er wollte sich umdrehen und davonlaufen, die Treppe hoch und hinaus ins Freie. Aber dann sagte ihm eine innere Stimme, daß er sich vor einem Toten genausowenig zu fürchten brauchte wie vor der Finsternis.

»Mach nur nicht in die Hose«, hörte er sich noch einmal sagen. Er ging näher an den Toten heran. Der Lichtschein glänzte auf dem wächsernen Antlitz. Langsam, die Flamme vorsichtig schützend, ließ sich Randy auf die Absätze seiner alten Schuhe nieder. Er starrte aus nächster Nähe in die geweiteten Augen des Toten, die ohne Glanz waren. Er sah die Flamme in ihnen wie einen zu Eis erstarrten Funken. Und er sah seine eigene Silhouette. Zögernd streckte Randy die Hand aus. Er hatte noch nie einen Toten angefaßt. Als seine Finger die Haut berührten, zuckte seine Hand zurück. Diese Haut war eiskalt, trocken und hart.

Neben der Matratze, auf einem zerfledderten Telefonbuch, stand eine kleine Petroleumlampe. Randy hob das Glas und hielt die Flamme des Streichholzes gegen den Docht. Ein warmes Licht breitete sich im Kellergewölbe aus, und allmählich verlor Randy das beklemmende Gefühl, das ihn am Anfang fast um den Verstand gebracht hatte.

Er richtete sich etwas auf und sah sich um. Am Boden lag allerhand Kram. Kleidungsstücke, ein alter Koffer, zwei Kisten, die nichts enthielten, Zeitungspapier und anderes Zeug. Auf einem Spirituskocher stand eine Pfanne, in der Essensreste eingetrocknet waren. Randy erhob sich. In einer zerrissenen Hose fand er ein paar Münzen. Er steckte sie ein. Dann durchsuchte er den Mantel, der an der Wand hing. In einer Tasche fand sich eine angebrochene Packung Zigaretten und eine Nagelfeile. Sonst fand Randy nichts, was er hätte gebrauchen oder weiterverkaufen können.

Schließlich wandte er sich dem Leichnam zu. Billy Pyburn trug eine schwarze Hose, knöchelhohe Schnürschuhe, einen Wollpullover und eine dicke schwarze Seemannsjacke. In der Innentasche der Jacke befand sich eine alte Brieftasche. Sie enthielt einige vergilbte Fotografien, einen zerfledderten Brief ohne Umschlag und einen Zeitungsausschnitt. Kein Geld. Randy tat alles wieder zurück.

Er fand nirgendwo Geld. Keinen Penny. Als er sich über den Toten beugte, um die Lampe auszublasen, fiel ihm auf, daß dieser die linke Hand zur Faust geballt hatte, als hielte er etwas in ihr fest. Randy berührte die Finger. Sie waren steif und starr. Er mußte schon richtig zupacken, um sie zu öffnen.

Überrascht stellte Randy fest, daß der Tote nichts in seiner Hand hielt. Aber auf der Handfläche war ein schwarzes Kreuz aufgemalt. Randy hatte keine Ahnung, was dieses Kreuz zu bedeuten hatte. Er betrachtete es eine Weile, dann ließ er die Hand auf den Boden zurückgleiten. Er blies die Lampe aus, erhob sich und tastete in der Dunkelheit zur Treppe zurück. Seine Schritte wurden immer schneller, und schließlich lief er die Stufen hoch, nahm zwei, drei mit einem Sprung und stürzte hinaus ins Freie.

Es schneite nun dichter. Randy lief an einem schiefen Lattenzaun entlang bis zu einer Häuserecke. Dort lehnte er sich mit dem Rücken gegen die Hausmauer. Er nahm die angebrochene Zigarettenpackung aus der Tasche, steckte sich ein Stäbchen zwischen die Lippen und zündete es an. Nach ein paar Zügen wurde ihm so schlecht, daß er sich beinahe übergeben mußte. Er warf die Zigarette weg und ging zur High Street zurück.

Das schwarze Kreuz ging ihm nicht mehr aus dem Sinn. Eine Weile schlenderte er an den Läden vorbei, zwischen anderen Leuten, die alle ein Ziel zu haben schienen. Randy wußte nicht, wohin er gehen sollte. Er kaufte in der Bäckerei einen Lutscher für seine Schwester. Die mit Himbeergeschmack waren ausgegangen. Er kaufte einen mit Erdbeergeschmack.

Es war schon bald sechs Uhr, als er sich entschloß, Jones Bescheid zu geben. Er zog seine Schildmütze tiefer in die Stirn und steckte sich eine Zigarette zwischen die Lippen, ohne sie anzuzünden.

Im Zeitungsladen von Jones war wenig Betrieb. In ihrer vorweihnachtlichen Hast fanden die Leute offenbar nur wenig Muße, Zeitungen und Zeitschriften zu lesen.

Jones lehnte an einem Regal. Seine Zigarette hing schief in seinem linken Mundwinkel. Als er Randy hereinkommen sah, wurden seine Augen mißtrauisch. »Was ist?« fragte er.

Randy blies den Rauch von seiner Zigarette zur Decke hoch, legte den Kopf schief und blickte auf den Fußboden nieder. »Neuigkeiten«, sagte er, ohne den Kopf zu heben.

Jones lachte. »Was für Neuigkeiten?«

»Neuigkeiten, die wichtig sind.«

»Wie wichtig?«

Jetzt hob Randy den Kopf. Er sah, wie sich Jones vom Regal löste. Jones war ein großer Mann mit dunklen, immer etwas schläfrig wirkenden Augen, was wahrscheinlich von irgendwelchen Rauschmitteln kam, die er manchmal nahm. Randy konnte es riechen. Auch heute.

Jones blieb vor dem Jungen stehen, breitbeinig, das finstere Gesicht wie eine Maske. Er stemmte beide Fäuste in die Hüften. »Was willst du, Randy?« fragte er.

Randy schluckte. »Geld«, stieß er hervor.

»Geld? Weißt du, was ich mit dir mache, falls sich herausstellen sollte, daß du mich zu erpressen versuchst, du hinterlistige Kröte?«

»Nichts werden Sie machen, Sir«, sagte Randy mit Trotz in seiner Stimme. »Rein gar nichts werden Sie machen, weil sonst bestimmt etwas passiert, was nicht angenehm für Sie wäre.«

»Und was sollte das sein?«

»Scotland Yard.«

Jones packte Randy jäh bei den Jackenaufschlägen. »Mach so 'nen Scherz nicht noch einmal, Kröte!« zischte er.

Randy spürte, wie ihm der Hemdkragen eng wurde. Er versuchte sich loszureißen, aber Jones hatte kräftige Hände.

»Weshalb bist du hergekommen?« fragte Jones ungeduldig. »Ich habe wenig Zeit, verstehst du. Ich will den Laden dichtmachen und mich mit Billy Pyburn treffen.«

»Es geht um Billy Pyburn«, stieß Randy hervor. »Und mehr sage ich nicht, bevor ich nicht fünf Shilling habe.«

»Fünf Shilling! He, du bist wirklich eine kaltschnäuzige kleine Kröte!« Jones ließ ihn los und blickte ihn beinahe anerkennend an. »Fünf Shilling sollst du kriegen, wenn es die Nachricht wert ist. Ich gebe dir mein Ehrenwort.«

Randy streckte die Hand aus. »Vorauszahlung, bitteschön!« sagte er.

Für einen Augenblick sah es aus, als würde Jones die Beherrschung verlieren und sich auf ihn stürzen. Sein Gesicht wurde noch etwas dunkler, und an seinen Schläfen schwollen die Adern dick an. »Ich sollte dir eine Tracht Prügel verpassen«, schnappte er, aber in diesem Moment ging die Ladentür auf, und ein Mann kaufte die Abendausgabe des *Daily Megaphon.* Als er wieder draußen war, öffnete Jones die Kasse, zählte zwei Shilling ab und gab sie Randy. »Den Rest kriegst du, wenn ich weiß, was du weißt, mein Freund«, sagte er.

Randy steckte das Geld ein. »Gut«, sagte er. »Gut, aber versuchen Sie nicht, mich übers Ohr zu hauen.« Randy drückte seinen Zigarettenstummel im Aschenbecher auf dem Ladentisch aus. Dann holte er Luft. »Es geht um Billy Pyburn.«

»Was ist mit ihm?«

»Er ist tot.«

Jones wurde leichenblaß. »Was sagst du da?« fragte er ungläubig.

»Jemand hat ihn abgemurkst«, sagte Randy. »Und ich weiß sogar, wer es gewesen ist.«

»Du bist verrückt, Junge. Absolut verrückt.« Jones kam um den Ladentisch herum. Er starrte Randy durchdringend an, und Randy setzte ein schiefes Grinsen in sein Gesicht, das einem Berufsverbrecher alle Ehre gemacht hätte.

»Schon mal was von der *schwarzen Hand* gehört?«

Jones blieb stehen, als hätte ihm jemand ein Brett vor den Kopf geknallt. »Die *schwarze Hand*? Die gibt es nur in Amerika, Randy. Die gibt es nicht hier in London.« Jones lachte mühsam und schüttelte den Kopf. »Du willst mich auf den Arm nehmen, nicht wahr?«

»Ich habe es gesehen«, beharrte Randy. »Auf der Handfläche. Ein schwarzes Kreuz. Wenn Sie wollen, bringe ich Sie hin.«

Jones sah den Jungen eine Weile ungläubig an, aber Randy hielt dem Blick stand. Er lächelte sogar ein bißchen, und irgendwie wußte Jones, daß ihn der Junge nicht anlog. Er ging zur Kasse, entnahm ihr zwei Shilling und übergab sie Randy. Dann machte er das Fenster dicht, zog Mantel und Hut an und ging zur Tür.

Draußen hatte der Betrieb etwas nachgelassen. Einige der anderen Geschäfte waren schon geschlossen. Ein überfüllter Bus fuhr vorbei. Zwei Konstabler überquerten an der Kreuzung die Straße und gingen den Gehsteig hinunter. Irgendwo bimmelte eine Weihnachtsglocke.

Jones zog das Scherengitter am Eingang zu, verriegelte es und steckte den Schlüssel ein. »Gut«, sagte er zu Randy. »Bring mich hin.«

Unterwegs blieb Randy plötzlich stehen. »Haben Sie vielleicht eine Pistole dabei?« fragte er.

Jones nickte. Er hatte immer eine Pistole dabei, wenn er sich mit Billy Pyburn traf. »Hab keine Angst, Junge«, sagte er. Aber er verspürte selbst ein unangenehmes Gefühl in der Magengegend, das immer stärker wurde, während er dem Jungen durch die dunkle Hintergasse folgte.

Randy führte ihn durch eine Lücke in einem Lattenzaun. Sie durchquerten einen Hinterhof, der mit Trümmern übersät war, stiegen über eine Mauer und gelangten schließlich von der Rückseite an das alte, halbzerfallene Gebäude heran.

Randy blieb erneut stehen. »Es könnte sein, daß jemand hier ist«, sagte er.

Jones nahm die Pistole aus der Manteltasche. Sie warteten eine Weile. Nichts geschah. Schließlich ging Randy voran durch die Türöffnung und die Treppe hinunter. Jones folgte ihm dichtauf. Manchmal konnte Randy seinen warmen Atem im Nacken spüren. Unten zündete Randy ein Streichholz an. »Dort drüben liegt er«, sagte er.

»Ich sehe nichts«, sagte Jones.

Randy ging um eine Mauerecke herum und blieb vor dem Leichnam stehen, der noch immer so auf der Matratze lag, wie ihn Randy zurückgelassen hatte. Die rechte Hand war geöffnet, aber Randy suchte vergeblich nach dem schwarzen Kreuz, das er zuvor so deutlich auf der Handfläche gesehen hatte.

Randy hörte, wie Jones den Atem scharf durch die Nase ausstieß.

»Das schwarze Kreuz ist nicht mehr da«, stieß Randy mit zitternder Stimme hervor. »Jemand hat die Hand saubergemacht.«

»Verdammt«, sagte Jones leise vor sich hin. »Der ist tot. Der ist richtig tot.«

»Ermordet«, sagte Randy. »Ich hab's doch gesagt. Ich hab die blutige Wahrheit gesagt.«

»Du hast gesagt, daß die *schwarze Hand* ihn umgelegt hat.«

»Ja. Das habe ich gesagt. Weil ich's gesehen habe. Auf seiner Hand. Da war ein schwarzes Kreuz drauf. Jetzt ist es weg.«

»Da ist nicht einmal Blut. Nirgendwo«, sagte Jones. »Vielleicht ist er einfach so gestorben.«

»Unter der Jacke ist Blut«, sagte Randy. »Ich hab's gesehen. Jemand hat ihn mit dem Messer niedergestochen, als die Jacke offen war. Dann hat er sie zugemacht.« Randy blickte sich schnell um. »Jemand muß hiergewesen sein, nachdem ich ihn gefunden hatte. Jemand hat das schwarze Kreuz weggemacht.«

»Red keinen Unsinn, verflucht noch mal!« Jones sah sich um. Der Keller hatte viele dunkle Winkel und Öffnungen, die in andere Räume führten. »Es ist niemand da. Und die *schwarze Hand* gibt es hier nicht. Hier ist London! Hier ist – zum Teufel noch mal – nicht Chicago!«

»An Ihrer Stelle würde ich das nicht so laut sagen«, warnte Randy.

Die Streichholzflamme ging aus, und es wurde stockdunkel. Er hörte Jones leise fluchen. »Mach Licht an, verdammt!«

Randy suchte nach Streichhölzern, fand aber keines mehr. Während er davonlief, wurde ihm so schlecht, daß er sich draußen übergeben mußte.

2. Kapitel
Ein Killer aus Chicago

Die drei Männer, die zum Silbernen Dreieck gehörten, saßen an diesem Morgen einträchtig am Frühstückstisch. Raymond Poiccart, der auf gediegene Schönheit besonderen Wert legte, hatte den Tisch gedeckt, die Blumen arrangiert und drei Kerzen angezündet, die an diesem kalten Wintermorgen ein warmes, heimeliges Licht verbreiteten. Draußen im grauen Dämmerlicht fielen lautlos die weißen Flocken. Manfred schätzte, daß über Nacht fast ein Fuß Schnee gefallen war. Drüben, im Nachbarhaus, hängte Mrs. Tripplestick weihnachtliche Scherenschnitte an die Fensterscheiben.

Es war still draußen. Nur ein paar der verwegensten Autofahrer bahnten sich einen Weg durch die Straßen Londons. Die Curzon Street war noch nicht geräumt, und so kam es, daß an diesem Tag der Postbote Verspätung hatte.

Er kam, als Leon Gonsalez beim Kamin saß und in der Morgenausgabe des *Daily Megaphon* einen Artikel über die Außenpolitik der britischen Regierung las. Poiccart befand sich in der Küche, und so war es Manfred, der dem Postboten die Tür öffnete.

»Guten Morgen, Sir«, grüßte der kleine, uniformierte Beamte, von dem Manfred wußte, daß er früher einmal britischer Marathonmeister gewesen war. »Viel ist es diesmal nicht, Sir. Ein paar Weihnachtsprospekte und dieser Brief hier.«

Er zeigte einen Umschlag vor, der ziemlich zerknittert war. Jemand hatte ihn mit ungelenker Handschrift folgendermaßen adressiert:

AN DAS SIIBERNE DREIECK
Curson Streeht

»Muß von einem Kind sein«, sagte der Postbote. »Der Schrift nach möchte man meinen, daß es sich um ein älteres Kind handelt, das schon etliche Jahre zur Schule geht und trotzdem nichts lernt.«

»Den Fehlern nach kommt dieser Brief aus dem Kindergarten«, lächelte George Manfred. Er bedankte sich beim Postboten und ging die Treppe hoch in den Salon, wo ihn Leon Gonsalez erwartungsvoll ansah.

»Nichts. Prospekte.« Manfred warf das Zeug auf den Tisch. »Und das hier! Es steht zuviel über uns in den Zeitungen, Leon. Jetzt weiß schon jedes Kind, wo wir zu Hause sind.«

Leon mußte ihm recht geben. In letzter Zeit war immer wieder von ihnen in sämtlichen Londoner Zeitungen berichtet worden. Sogar im Ausland wußte man inzwischen von den Erfolgen des Silbernen Dreiecks. Es war noch nicht lange her, da hatte ihnen Kommissar Pavette aus Paris einen Artikel aus einer dortigen Zeitung geschickt.

Manfred wollte den Brief ebenfalls auf den Tisch legen, aber als er ihn umdrehte, fiel ihm ein Zeichen auf, das jemand auf die Rückseite des Umschlages gemalt hatte. Mit einem schwarzen Stift. »Ein schwarzes Kreuz auf einer Hand«, sagte er nachdenklich. »Wo habe ich denn schon *davon* gehört?«

Leon Gonsalez blickte über den Zeitungsrand hinweg. »Eine Pfadfindervereinigung vielleicht«, sagte er.

Manfred schüttelte den Kopf. Plötzlich erschien ihm der Umschlag nicht mehr so unwichtig. Er betrachtete ihn noch einmal von allen Seiten, aber es fiel ihm nichts mehr auf, außer, daß er schmutzig war, so, als ob er schon einmal benützt worden wäre. Poiccart kam aus der Küche. Er hatte sich eine Schürze umgebunden. »Soll ich wieder einmal

Lammfleisch mit Minzsoße machen?« fragte er. Er sah den Umschlag, den George Manfred in den Händen hielt. »Post aus den Vereinigten Staaten?« fragte er mit einem Grinsen im Mundwinkel.

Manfred hob den Kopf. »Wieso?«

»Wegen des Kreuzes und der Hand, mein Freund. Das Zeichen der *schwarzen Hand,* einer der schlimmsten Verbrecherorganisationen in Amerika.« Poiccart nahm Manfred den Briefumschlag aus der Hand. »Einwandfrei«, sagte er. »Das Kreuz ist asymmetrisch und hat auf allen Seiten dikkere Enden. Das Zeichen wird jenen auf die rechte Hand gemalt, die sich den Verbrechern widersetzt haben oder ihnen in den Weg geraten sind und deshalb eliminiert werden.«

»Dann muß es sich hier um einen Kinderstreich handeln«, sagte Manfred. Er nahm den Umschlag aus Poiccarts Händen und riß ihn auf. Er enthielt nichts als einen Papierfetzen, auf dem eine Adresse in Notting Hill stand und darunter der lapidare Satz: DIE SCHWARZE HANT HAT ZUGESCHLAHGEN.

Manfred blickte zuerst Poiccart an, dann Leon. Beide machten ernste Gesichter.

»Ihr glaubt doch nicht etwa, daß das hier echt ist?« sagte George Manfred. »Das hat ein Kind geschrieben, und zwar kein besonders intelligentes. Offensichtlich hat es Schwierigkeiten mit der Rechtschreibung.«

»Weißt du, wo die Horton Street ist?« fragte Leon und faltete die Zeitung zusammen.

»Irgendwo in der Nähe vom Holland Park, glaube ich«, sagte Manfred.

»Richtig«, bestätigte Poiccart. »Eine Querstraße zur High Street. Dort befinden sich ein paar der übelsten Quartiere unserer Stadt, mein Lieber. Baufällige Wohnhäuser, halb zerfallene Gebäude, Ruinen und Schutt. Es ist geplant, das ganze Quartier niederzureißen und neu aufzubauen, aber bei unserer gegenwärtigen Wirtschaftslage wird es noch ein paar Jahre dauern, bis man dort auch nur mit dem Aufräumen anfängt.«

»Vermutlich scheut sich jeder Taxifahrer davor, einen Fahrgast dorthin zu bringen«, sagte Leon.

»Soll das heißen, daß du etwa hingehen willst?« Manfred hob die Brauen.

»Warum nicht? Ich bin sicher, daß wir dort auf ein schreckliches Verbrechen stoßen werden. Ein Kind schreibt solche Dinge zwar auch zum Spaß, aber es würde ihm wohl nie in den Sinn kommen, den Zettel dann an uns zu schicken.«

»Wir machen uns lächerlich, wenn wir dort nichts finden«, gab Manfred zu bedenken.

»Das ist ein Risiko, das ich gerne in Kauf nehme.« Leon lächelte. »Kommst du mit?«

Manfred warf Poiccart einen Blick zu. Der hob nur die Schultern und fragte, was jetzt mit dem Essen wäre.

»Also gut«, sagte Manfred. Er holte Hut und Mantel, steckte den Umschlag mit dem Zettel ein und wartete vor dem Haus, bis Leon herauskam. Auf der anderen Straßenseite schippte Mr. Tripplestick Schnee.

George Manfred schlug den Kragen seines modischen Trenchcoats hoch, während Leon Gonsalez den Taxifahrer bezahlte und nach der Adresse fragte, die auf dem Umschlag stand.

»Muß irgendwo dort hinten sein«, sagte der Taxifahrer und machte eine vage Handbewegung nach rechts, wo sich eine düstere Häuserlücke öffnete. »War noch nie dort hinten. Ziemlich armselige Gegend. Die Leute dort können sich kein Taxi leisten.«

Leon bedankte sich.

Es war noch immer wenig Verkehr, obwohl inzwischen die Hauptstraßen geräumt worden waren. Die Läden an der High Street waren geöffnet. Vor einer Buchhandlung streute ein Mann Salz auf den Gehsteig. Daneben befand sich eine Blindenwerkstatt. Dort lehnte ein Junge am Eingang. Er trug eine alte Bomberpiloten-Jacke mit Fellkragen, eine geflickte Hose und eine Schildmütze, die schief auf seinem Kopf saß. Darunter lugten blonde Haarlocken hervor. Manfred streifte den Jungen zwar mit einem Blick, schenkte ihm aber weiter keine Beachtung. Und Leon sah ihn überhaupt nicht, weil er den Kopf tief in den Mantelkragen gezogen hatte und zielbewußt auf die Häuserlücke zuging. Es schneite jetzt etwas stärker, und die vorbeieilenden Gestalten waren alle tief vermummt, um sich vor der Kälte zu schützen.

Sobald sie die High Street hinter sich hatten, zeigte sich ein Teil der Stadt London von seiner häßlichsten Seite. Rauch hing wie Nebel in den engen Gassen. Es roch nach Müll, obwohl Schnee den meisten Unrat zudeckte. Nur dort, wo Hunde und Katzen gewühlt hatten, sah man die Müllberge. Die Häuser machten alle einen unbewohnbaren Eindruck, mit rissigen Wänden und schiefen Fenstern und Türen, von denen einige mit Brettern vernagelt waren. Aus einem der Fenster, das keine Scheiben hatte und mit Ölpapier vernagelt war, drang laute, kratzende Musik von einem alten Grammophon.

»Enrico Caruso«, stellte Manfred sachlich fest. »Aus der Oper *Martha.*«

»Paßt hierher wie ein Kronleuchter in eine Hundehütte«, sagte Leon, der zusah, wie ein struppiger Straßenköter durch den Schnee schlich.

»Muß dieses Haus dort drüben sein«, sagte Manfred und deutete auf ein altes Backsteingebäude, das aussah, als wäre es einmal ein Schlachthaus gewesen.

Ein windschiefer Lattenzaun, halb eingerissen, trennte den Hof von der schmalen Straße. Der Schnee dort war unberührt. Keine Spur führte zu dem Gebäude hinüber, nicht einmal die eines Hundes oder einer Katze.

»Dort drüben ist 36 und dahinter steht 38. Also muß das dort 37 sein. Das steht doch auf dem Zettel?«

Leon nickte. Sie gingen nebeneinander den Lattenzaun entlang. Bei einer schmalen Lücke blieben sie stehen. Von hier aus waren es knapp zwanzig Schritte bis zu einer Türöffnung, von deren Querbalken ein paar Fetzen eines Jutesackes hingen.

»Was meinst du?« fragte Leon.

Manfred hob die Schultern. »Wenn du mich fragst, ich wäre jetzt noch daheim und würde mir am Kaminfeuer die Füße wärmen.«

»Komm.« Leon ging voran. Der Schnee war hier knöcheltief und naß. Kurz bevor Leon die Türöffnung erreichte, sah er aus den Augenwinkeln in einer schmalen Häuserlücke eine Bewegung. Er verhielt den Schritt.

»Siehst du den Jungen?« fragte er, ohne sich nach Manfred umzublicken.

»Natürlich sehe ich den Jungen«, erwiderte Manfred. »Das ist der gleiche von vorher.«

»Von vorher?«

»Der stand auf der High Street beim Eingang der Blindenwerkstatt. Ist er dir nicht aufgefallen?«

»Nein.«

»Mir ist er sofort aufgefallen. Richtiger Gassenjunge. Hat Augen wie ein Fuchs.«

Der Junge stand still in der Häuserlücke und blickte herüber. Sein schmales Gesicht war blaß. Die Augen lagen im Schatten des Mützenschildes.

»Scheint fast, als hätte er auf uns gewartet, nicht wahr?« sagte Leon Gonsalez. »Ob er den Zettel geschrieben hat?«

»Soll ich ihn fragen?«

»Frag ihn.«

Manfred murmelte etwas von Pfadfindern und Räuberphantasie, bevor er sich in Bewegung setzte und auf die Häuserlücke zuging. Der Junge rührte sich nicht. Während er ging, nahm Manfred den Umschlag heraus und hob ihn hoch. »Junge!« rief er. »Wir sind vom Silbernen Dreieck!«

Nichts rührte sich im blassen Gesicht des Jungen. Einen Augenblick lang blieb er noch stehen, bevor er sich plötzlich herumdrehte und davonlief. Manfred zögerte nur einen Moment, dann rannte er hinterher. Als er die Häuserlücke erreichte, war der Junge verschwunden. Seine Schuhabdrücke im Schnee waren gut zu sehen. Trotzdem verzichtete Manfred darauf, dem Jungen zu folgen. Er kehrte zu Leon zurück, der inzwischen beim Eingang stand und eine schmale Treppe hinunterblickte, deren Ende er nicht sehen konnte.

»Muß ein Keller sein«, sagte Leon. »Stockdunkel dort unten.«

Sie gingen hintereinander die Treppe hinunter. Allmählich gewöhnten sich ihre Augen an die Dunkelheit. Sie nahmen schattenhafte Umrisse von Mauerstücken wahr, sahen schwach die dunklen Öffnungen, die in verschiedene Kellerräume führten. Die Luft roch nach übler Fäulnis und nach Kot.

»Wenn hier jemand wohnen würde, wäre es wärmer«, sagte er. »Stinkt übel hier unten. Nach toten Ratten, vielleicht.«

Sie kamen in den kleinen Raum, in dem es fast dunkel war. Trotzdem bemerkte Leon den Toten sofort, der auf einer Matratze am Boden lag. Ratten flohen in ihre Löcher, als Manfred ein Feuerzeug anzündete. Der gräßliche Anblick des Mannes, der schon eine Weile tot sein mußte, war selbst für diese beiden Männer zuviel, die an einiges gewöhnt waren. Leon nahm ein Taschentuch heraus und hielt es sich vor die Nase. Ohne ein Wort zu sagen, durchsuchte er kurz die Taschen des Toten. Manfred hielt die Flamme immer so, daß Leon Licht hatte. Sie fanden nichts von Bedeutung. Auch die Durchsuchung des Raumes ergab nichts, und schließlich verließen beide fluchtartig den Keller.

Draußen herrschte noch immer dichtes Schneetreiben. In der Häuserlücke, wo vorher der Junge gestanden hatte, spielten Kinder mit einem kleinen Hund, der einen Schneeball nach dem anderen mit den Zähnen aufzufangen versuchte.

»Es bleibt uns nichts anderes übrig, als Dearborn zu benachrichtigen«, sagte Leon.

»Wir könnten auch versuchen, den Jungen aufzustöbern.«

»Wo? In dieser Gegend finden wir ihn niemals, wenn er sich uns nicht freiwillig stellt.«

Manfred mußte seinem Partner recht geben. In diesem Stadtteil gab es die besten Möglichkeiten, sich zu verstekken und für lange Zeit verborgen zu halten. Dazu gab es genug leerstehende Häuser mit düsteren Winkeln, die alle mehrere Zugänge und Fluchtwege hatten. Vielleicht, und das war eigentlich anzunehmen, wohnte der Junge sogar in einem dieser Häuser, allein, oder zusammen mit anderen Halbwüchsigen, die von zu Hause fortgelaufen waren.

Es war eine schlimme Gegend. Mit der Unterstützung der Leute hier konnte die Polizei nicht rechnen. Gesetze zählten hier nichts. Leon Gonsalez war sicher, daß man ihnen nicht einmal Auskünfte über den Jungen gegeben hätte, wenn er hier bekannt gewesen wäre. Diese Vermutung bestätigte sich sogleich, als Leon auf die spielenden Kinder zuging, um sie nach dem Jungen mit der Bomberjacke zu fragen. Sie liefen einfach davon.

Leon rief Scotland Yard von einer öffentlichen Telefonzelle in der High Street aus an. Manfred wartete draußen. Es war jetzt schon wieder mehr Betrieb auf der Straße. Das Schneegestöber hatte etwas nachgelassen. Vor einem der Läden demonstrierte ein Mann lärmend ein neuartiges Küchengerät, das auf Knopfdruck automatisch Büchsen öffnete, Gemüse oder Früchte schälte, Wurst zu hauchdünnen Scheiben schnitt und Zwiebeln fein zerhackte, ohne daß Hausfrauen in Tränen auszubrechen hatten.

Als der Mann mit seiner Demonstration fertig war und die meisten Leute weitergingen, glaubte Manfred für einen Moment, den Jungen entdeckt zu haben, dann verschwand er zwischen den Menschen, die es plötzlich wieder eilig hatten.

Jones fielen sofort die weißen Handschuhe auf. Wahrscheinlich war der Mann der einzige Mensch in London, der bei einem solchen Dreckwetter weiße Handschuhe trug.

Er kam in den Laden, als Jones abschließen wollte. Es war schon halb sieben. Normalerweise machte er um sechs zu, aber heute war viel Betrieb gewesen.

»Womit kann ich Ihnen dienen, Sir?« fragte Jones den späten Kunden.

Der Mann wandte sich einem Glaskasten zu, in dem zirka zwanzig teure Pfeifen aufgereiht waren. Jones hielt den Kasten immer abgeschlossen. Nur wenn jemand wünschte, eine der Pfeifen näher zu betrachten, holte er einen kleinen Schlüssel aus der Kasse und bemühte sich eifrig, dem Wunsch nachzukommen.

Der Mann gab ihm keine Antwort. Jones schüttelte den Schlüsselbund ein bißchen, um dem Mann zu erkennen zu geben, daß es schon eine halbe Stunde nach Ladenschluß war. Da er den Mann nicht drängen wollte, schob er auf einem der Regale Zigarettenpackungen hin und her, so, als wäre er mit Aufräumen beschäftigt. Aus den Augenwinkeln aber beobachtete er den Mann. Viel konnte er von ihm nicht sehen. Er trug einen dunklen Trenchcoat, einen Hut, den er schief aufgesetzt hatte, eine schwarze Hose und schwarze Schuhe. Die weißen Handschuhe leuchteten, als hätte er sie eben erst putzen und polieren lassen.

Fast fünf Minuten vergingen, bis Jones die Geduld verlor. »Ich zeige Ihnen gerne eine Auswahl der Pfeifen, wenn Sie das wünschen«, sagte er und ging durch den kleinen Laden auf den Mann zu. Der Mann drehte sich um. Er hatte ein etwas schiefes Gesicht, dunkle kalte Augen und einen seltsam verzogenen Mund, dessen Oberlippe irgendwie steif und leblos wirkte, als er lächelte und sich darauf konzentrierte, die weißen Lederhandschuhe auszuziehen. Und während dies geschah, merkte Jones, wie sich alles in ihm verkrampfte. Dieser Mann war nicht hier, um eine Pfeife zu kaufen oder eine Zeitung.

Der Mann schien Jones' Gedanken zu erraten. Das Lächeln in seinem sonst so leblosen Gesicht verstärkte sich noch etwas. Ganz langsam hob er die rechte Hand, öffnete sie und zeigte Jones die Handfläche, auf die ein schwarzes Kreuz aufgemalt war.

Jones stockte der Atem. Wie in Trance begann er zurückzuweichen. Er stieß gegen den Ladentisch. »Was ... was wollen Sie von mir?« fragte er.

Das Lächeln im Gesicht des Mannes verschwand. »Ich bringe Ihnen Grüße aus Chicago, Jones«, sagte er.

»G ... G ... Grüße? Von wem?« stammelte Jones.

»Brudergrüße«, erwiderte der Mann. »Von Nick Carella.«

Jones schluckte. Langsam gewann er seine Fassung zurück. Der Name sagte ihm nichts, und er hatte keine Verwandten drüben in Amerika, schon gar keinen Bruder.

»Nick Carella. Nie gehört.« Er lachte auf. »Wer ist denn das? Einer, der vielleicht denkt, daß er ein zweiter Al Capone ist, oder wie?« Jones machte Anstalten, um den Ladentisch herumzugehen. Hinten, in einer Schublade unter der Registrierkasse, befand sich ein geladener Revolver, mit dem er diesen unerwünschten Kunden leicht dazu bringen konnte, den Laden zu verlassen.

Der Mann beim Glasschrank bewegte sich, und aus den Augenwinkeln sah Jones, wie seine rechte Hand im Ausschnitt seines Mantels verschwand.

»Nick Carella ist es nicht gewohnt, daß man ihn verleugnet«, sagte der Mann. »Er weiß zu schätzen, wenn er respektiert wird. Er ist ein großer Mann, Jones. Er hat Macht. Du solltest dich geehrt fühlen, daß ich hier bin und dir einen Gruß von ihm bringe.«

Jones erreichte die Rückseite des Ladentisches. Er blieb stehen. Seine linke Hand senkte sich, bis seine Finger einen kühlen Messingknauf berührten. Vorsichtig begann er die Schublade aufzuziehen.

»Und warum hat dich dieser Nick Carella hergeschickt?« fragte er. Seine Stimme zitterte etwas.

»Er will ein Geschäft mit dir machen, Jones.«

»Ein Geschäft? Dies hier ist mein Geschäft. Ich verkaufe Tabakwaren und Zeitungen. Es ist nicht viel, was ich damit verdiene, aber es reicht mir, verstehst du. Warum gehst du nicht zurück, dorthin, wo du hergekommen bist, und sagst deinem Freund, daß ich mir keinen Partner leisten kann?«

Die Schublade war jetzt so weit offen, daß Jones hineinlangen konnte. Seine Finger kriegten den Griff der kleinen Pistole zu fassen.

Der Mann mit den weißen Handschuhen hob seine dunklen, drahtigen Brauen etwas an, und auf seiner Stirn bildeten sich eine Reihe steiler Falten. Er sah jetzt beinahe bekümmert aus. »Nick Carella ist nicht mein Freund,

Jones«, sagte er. »Nick Carella ist mein Boß. Er hat mir einen Auftrag gegeben, und bevor ich wegging, legte er mir die Hand auf die Schulter und sagte, daß er sich auf mich verlassen würde. Wie immer. Verstehst du, Jones? Ich habe noch nie mitten in einer angefangenen Arbeit aufgehört!«

Jones merkte, wie ihm der Schweiß aus allen Poren drang. Er starrte in das schmale Gesicht des Mannes, und er wußte, daß er es mit dem Mörder von Billy Pyburn zu tun hatte. Die dunklen Augen des Mannes hatten plötzlich keinen Ausdruck mehr, und als er die Hand aus dem Ausschnitt seines Mantels zog, lag ein Revolver darin, mit langem Lauf und aufgesetztem Schalldämpfer.

»Mach lieber die Schublade wieder zu, mein Freund«, sagte der Mann, und Jones kam der Aufforderung so schnell nach, daß er seinen Daumen einklemmte.

Der Mann mit den weißen Handschuhen lächelte flüchtig und ließ seinen Revolver genauso schnell verschwinden, wie er ihn hervorgeholt hatte. »Wollen wir nun vernünftig sein, Spaghetti?« fragte er. »Du wirst es nicht bereuen, mit Nick Carella Geschäfte zu machen. Er hat dich dazu ausersehen, hier in London unsere Firma zu vertreten.«

»Die *schwarze Hand*! Das ist keine Firma, zum Teufel. Das ist eine Verbrecherorganisation, die aus lauter amerikanischen Gangstern besteht.«

»Du irrst. Fast alle sind wir Landsleute deiner Mutter. Der Boß kommt, zum Beispiel, aus Palermo. Genau wie ich. Ich bin Art Montana. Drüben nennt man mich auch Montana Kid. Weil ich gut bin mit dem Messer und mit dem Colt.« Der Mann grinste schief. »Wie Billy the Kid, klar?«

»Wir sind hier nicht im Wilden Westen«, brummte Jones. »Du warst es, der Billy umgebracht hat, nicht wahr? Warum hast du das getan? Billy war mein Mann. Ich habe ihm vertraut, wie Carella dir vertraut.«

»Ich weiß. Aber jetzt bin ich dein Mann, klar? Jetzt bin ich hier, und ich zeige dir, wie alles gemacht wird. Wir sind eine Firma, die auf eine langjährige und erfolgreiche Praxis zurückblicken kann. Und wir sind stolz darauf, Spaghetti.«

»Mein Name ist Jones!«

»Freunde nennen dich Spaghetti, nicht wahr?«

»Nur gute Freunde.«

»Wir werden bald gute Freunde sein. Jemand, der dir zu einem Vermögen verhilft, zu Respekt und Ehre, ist dein Freund, oder etwa nicht?«

»London ist nicht Chicago!« entgegnete Jones hart. »Hier gibt es Scotland Yard. Nichts gegen das FBI, aber Scotland Yard ist nicht zu übertreffen. Außerdem ist das Klima hier ein anderes als drüben. Ich habe während der letzten Jahre nicht *einmal* an Mord denken müssen. Nicht einmal schlimme Prügel waren nötig. Mal hat Billy einem das Ohrläppchen abgeschnitten, aber das war eigentlich mehr ein Unglücksfall, weil der Mann plötzlich niesen mußte, als Billy ihm das Messer gegen den Hals hielt.«

Art Montana, den man in Chicago auch Montana Kid nannte, schüttelte den Kopf. »Wieviel verdienst du denn in einem Jahr, Spaghetti? Kaum genug, um deine Wettschulden zurückzuzahlen, nicht wahr?«

»Ich lebe nicht schlecht.«

»So? Und wie kommt es, daß du mit der Pacht für diesen Laden drei Monate im Verzug bist?«

»Eine kleinere Fehlinvestition. Weiter nichts. Was wißt ihr eigentlich sonst noch über mich?«

»Alles«, sagte Art Montana lächelnd. »Wir kennen deine Kunden. Wir wissen über deine Wettleidenschaft Bescheid, wir haben Fotos von deiner Freundin, wir wissen, wo du dich herumtreibst, welche Hustendrops du nimmst und daß dein Laufbursche ein Bengel namens Randy ist.

Übrigens, dieser Randy muß verschwinden, verstehst du. Der weiß zuviel.« – »Ich vertraue ihm.«

»Du vertraust jedem Tölpel! Billy Pyburn und Randy. Beide taugen nichts für das, was wir vorhaben. Spaghetti, merke dir, daß es in unserem Geschäft von absoluter Wichtigkeit ist, die richtigen Leute zur Seite zu haben.«

»Die richtigen Leute? Solche wie du? Kaltblütige Killer aus Chicago!« Jones lachte auf, obwohl ihm überhaupt nicht danach zumute war. »Ihr kennt euch hier nicht aus. Hier ist alles anders als drüben. Hier wird nicht einfach gemordet, verstehst du! Hier werden keine Leute von Gangstern mit Maschinenpistolen überfallen. Hier respektiert jeder ein paar Regeln. Hier respektiert jeder Scotland Yard. Sonst hat er nicht alle Tassen im Schrank, verstehst du. Und ich denke, daß ihr beide, du und dieser Nick Carella, nicht alle Tassen im Schrank habt. Das glaube ich, weil du herkommst und einfach Billy Pyburn umbringst, obwohl er dir nichts getan hat, und weil du dann vorschlägst, den Jungen verschwinden zu lassen. Wozu soll das alles gut sein? Zwei Morde? Wofür, verdammt noch mal!«

»Es sollen keine Zweifel aufkommen, mein Freund: Damit unsere Organisation respektiert wird. Es ist alles geplant, und bis jetzt funktioniert es. Ich habe Billy umgebracht, weil er nichts taugt und uns nur im Wege gewesen wäre. Ich wußte, daß ihn der Junge finden würde und daß er zurück zu dir laufen würde. Und damit du sofort Bescheid weißt, habe ich das schwarze Kreuz auf Billys Hand gemalt.«

»Und dann war es wieder weg!« schnappte Jones.

»Ich war dort, als der Junge zum erstenmal kam. Während er zu dir zurücklief, wischte ich das Kreuz von der Hand des Toten. Damit der Junge was zum Nachdenken hat. Er denkt die ganze Zeit darüber nach, was er gesehen hat. Das Kreuz. Und dann war es weg. Er hütet sich, irgend jemandem davon zu erzählen. Ein paar Tage lang zumindest sagt er niemandem was. Aber er kann nicht schlafen. Er denkt immer nur an das Kreuz und was er gesehen hat. In der Zeitung liest er von der Auffindung des Toten. Aber kein Wort vom Kreuz. Und das macht ihm zu schaffen. Das wurmt ihn, verstehst du. Und schließlich geht er und ruft Scotland Yard an. Deshalb, mein Freund, deshalb hast du grundsätzlich überhaupt keine Wahl.«

»Du bist verrückt. Wer sagt dir denn, daß alles so verläuft, wie du es dir ausgedacht hast. Du kennst Randy doch gar nicht.«

»Es ist Berechnung, mein Freund. Und Erfahrung.« Der Mann mit den weißen Handschuhen schmunzelte. »Eine Kombination aus Berechnung und Erfahrung. Wir haben in New York fast genauso angefangen, verstehst du. Und in Atlanta und in Baltimore. Jetzt sind wir in London. Der Boß meint, daß wir die ganze Welt erobern können, und er hat recht.«

»Wenn du mich fragst, dann ist er übergeschnappt. Total verrückt!«

»Niemand fragt dich, Spaghetti. Und es ist besser, wenn du ebenfalls keine Fragen stellst. Der Boß ist es nicht gewohnt, daß man an seinen Fähigkeiten als Chef unserer Firma zweifelt. Wir haben immerhin Amerika in der Tasche, mit allem, was dazugehört. Wir machen Geschäfte mit Polizeichefs, mit Senatoren und Kongreßabgeordneten, mit Bürgermeistern und führenden Militärs und, wenn die Gerüchte stimmen, sogar mit dem Präsidenten. Außerdem, das darfst du mir glauben, haben wir den Segen verschiedener amerikanischer Kirchen, denen wir regelmäßig die Opferstöcke füllen.«

»Hier ist das anders! Hier sind solche Leute grundsätzlich keine Gauner. Hier lassen sich Politiker nicht bestechen! Hier ist . . .«

»Mach dir keine Sorgen, Spaghetti. Hier ist zwar nicht Chicago, aber wenn wir einmal Fuß gefaßt haben, lassen wir alle Puppen nach unserem Reigen tanzen, verlaß dich darauf.«

»Und wenn ich mich weigere, mitzumachen?« fragte Spaghetti-Jones bitter.

Wieder lächelte der Mann, ohne daß seine Oberlippe sich bewegte. »Dann wird man dich morgen früh hier im Laden auffinden, Spaghetti, und zwar mit einem Loch im Schädel und einem schwarzen Kreuz auf der rechten Hand. Es würde mir leid tun, dich umbringen zu müssen. Der Boß hält große Stücke von dir. Er ist überzeugt, daß du uns hier gut vertreten wirst.«

Jones erwiderte den Blick des Mannes kurz, dann inspizierte er seinen geschwollenen Daumen. In seinem Kopf wirbelten einige merkwürdige Gedanken durcheinander, und er fragte sich, warum er eigentlich nicht zumindest ein paar Tage abwarten sollte. Er hatte immerhin selbst schon einige Male daran gedacht, das Geschäft lukrativer zu gestalten und einen größeren Coup zu landen. Warum nicht in Partnerschaft mit der *schwarzen Hand*? Wenn jemand dazu in der Lage war, London systematisch zu schröpfen, dann war es diese bestens organisierte Bande, von der die Zeitungen schon so oft berichtet hatten.

»Du siehst ein, daß du dir nur Gutes tun kannst, wenn wir uns einig werden, nicht wahr?«

»Ich muß mir erst alles durch den Kopf gehen lassen. Ich brauche etwas Zeit.«

»Du hast eine Nacht. Überleg es dir gut. Morgen früh komme ich her. Dann will ich deine Antwort.«

»Gut«, nickte Jones. »Ich will nur nicht, daß dem Jungen etwas passiert, hörst du. Er hat mit der Sache nichts zu tun. Er weiß von nichts. Laß ihn in Ruhe.«

»Du hast ein weiches Herz, Spaghetti«, sagte Art Montana. Dann drehte er sich auf dem Absatz um, ging zur Tür und öffnete sie. Es waren jetzt kaum noch Leute auf der High Street. Montana drehte sich noch einmal um. »Tu nichts Unvernünftiges, Spaghetti«, warnte er beinahe freundlich. »Denk daran, daß du ein gutes Leben versaust, wenn du irgend etwas tust, was mir nicht gefällt. Klar?«

Jones holte tief Luft. Am liebsten hätte er diesen Killer zum Teufel gewünscht, aber er fand den Mut nicht, ihm dies zu sagen.

3. Kapitel
Konferenz in der Curzon Street

In dem kleinen Haus an der Curzon Street mit dem Silbernen Dreieck über der Tür wartete man auf das Eintreffen von Inspektor Philander Dearborn. Es war Abend. Raymond Poiccart hatte eine wunderbare Leberpastete zubereitet, deren köstlicher Geruch das ganze Haus erfüllte.

Leon Gonsalez saß im Salon und las den Polizeibericht über die Auffindung des Toten von Notting Hill. Der Bericht war wie immer ziemlich kompliziert abgefaßt, in der typischen holprigen Schreibweise von Peter Roos, dem Kriminalunterkommissar, der Dearborn zur Seite stand. Obwohl Leon Gonsalez den Bericht schon zum zweitenmal las, ergab er nichts Neues. George Manfred, der am Nachmittag im Yard an der Leichenschau teilgenommen hatte, war überzeugt davon, daß es sich bei der Tat um einen ganz gewöhnlichen Ganovenmord handelte. Es gab nicht einen einzigen Anhaltspunkt, daß eine Verbrecherorganisation ihre Hand im Spiel hatte. Der Tote war mit einem Messer erstochen worden, das eine schmale, fünf Zoll lange Klinge hatte und wahrscheinlich einem Stilett ähnlich sah. Der Mörder mußte den Toten schlafend überrascht haben. Ein einziger Stoß mit dem Messer hatte genügt, was darauf deutete, daß der Mörder kein Anfänger war. Trotzdem hielt es Manfred für unwahrscheinlich, daß eine Organisation wie die *schwarze Hand* versuchte, sich mit diesem Mord in der Londoner Unterwelt einzuführen.

Inspektor Philander Dearborn war pünktlich. George Manfred öffnete ihm.

»Neuigkeiten«, sagte Dearborn sofort und noch bevor ihm Manfred aus dem Mantel helfen konnte. »An der rechten Hand des Toten fanden unsere Experten schwarze Farbspuren. Jemand hat die Handfläche mit Waschbenzin abgerieben, und zwar, nachdem der Mann schon tot war. Wir haben sofort eine Nachrichtensperre verhängt. Was sagen Sie jetzt?«

Manfred mußte zugeben, daß ihn diese Nachricht überraschte. »Gibt es denn eine Erklärung dafür?« fragte er und bückte sich, um ein Fläschchen Nasentropfen aufzuheben, das dem Inspektor aus der Manteltasche gefallen war.

Von oben rief Poiccart, daß das Essen auf dem Tisch stehe.

»Vermutungen, mehr nicht«, sagte der Inspektor, während er Manfred die Treppe hinauf folgte. »Es ist Stempelfarbe, aber wir sollten uns vielleicht erst nach dem Essen mit den Einzelheiten beschäftigen, nicht wahr? Ich will nämlich zuerst wissen, wie Sie auf den Gedanken gekommen sind, die *schwarze Hand* hätte etwas mit dem Mord zu tun?«

»Das war unser Freund Leon, der diesbezügliche Vermutungen äußerte, Verehrtester«, sagte Manfred vorsichtig. »Ich weiß auch nicht, wie er zu dieser äußerst gewagten Verdächtigung kommt. Die *schwarze Hand* operiert doch schließlich in den USA, nicht wahr?«

»Mit Verbindungen in Italien, in Mexiko und einigen Staaten Südamerikas«, ergänzte Dearborn. »Trotzdem wissen wir seit langem, daß ein gewisser Nick Carella seine Fühler nach London ausgestreckt hat.«

»Davon ist uns nichts bekannt«, sagte Manfred.

Dearborn lächelte. »Vergessen Sie nicht, daß Scotland Yard über beste Informationsquellen und ein ausgedehntes Nachrichtennetz verfügt, mein Lieber.«

Im Salon wurde der Inspektor von Leon Gonsalez begrüßt, der ihm einen Aperitif anbot. Dearborn ließ sich einen trockenen Sherry einschenken. Poiccart kam aus der Küche. Noch immer hatte er die Schürze umgebunden. »Sie mögen doch Leber, nicht wahr?« fragte er.

Der Inspektor hob die Brauen. »Leber? Natürlich. Früher mochte ich keine Leber. Aber dann wurde ich einmal zu einem Dinner im Walsingham House Hotel eingeladen. Die hatten einen französischen Koch. Ein wahrer Künstler war er. Dem gelang es, Leber so zuzubereiten, daß sie überhaupt nicht wie Leber schmeckte. Und seither mag ich Leber.«

Poiccart sah den Inspektor leicht verstört an, dann wechselte er einen vielsagenden Blick mit Leon Gonsalez und deutete auf den Tisch. »Bitte, die Herrschaften«, sagte er. »Nehmen Sie Platz.«

Inspektor Dearborn setzte sich auf den Stuhl am oberen Kopfende des Tisches. Während des Essens sagte niemand ein Wort über den Fall. Die Leberpastete schmeckte hervorragend, und der Inspektor ließ sich zu einem überschwenglichen Kompliment hinreißen. »Köstlich, Poiccart. Wenn Sie einmal Ihr Dasein als Privatdetektiv satt haben, lassen Sie es mich wissen. In unserer Kantinenküche ist immer ein Platz für Sie frei.«

Zum Dessert gab es Vanilleeis mit heißen Schattenmorellen und anschließend einen Mokka. Erst jetzt kamen die vier Männer auf den Mordfall zu sprechen. Es war Manfred, der damit anfing.

»Sie sollten mit Ihrer Überraschung nun auch meinen Freunden gegenüber nicht länger zurückhalten«, sagte er aufmunternd zu Dearborn, der sich ein bißchen Schnaps in den Kaffee goß. Er blickte sofort auf, und sein Gesicht nahm einen argwöhnischen Ausdruck an.

»Bevor wir uns näher mit dem Mordfall beschäftigen, möchte ich gern einige Auskünfte haben«, sagte er.

Manfred wandte sich seufzend an Leon. »Der gute Inspektor meint, daß wir Geheimnisse vor ihm haben.«

Leon schmunzelte. »Was für Geheimnisse?«

»Geheimnisse um die *schwarze Hand*«, sagte der Inspektor bestimmt. »Ich möchte wissen, wie Sie zu der Information kamen, daß im Kellergewölbe eines abbruchreifen Hauses ein Ermordeter liegt, Gonsalez. Außerdem will ich wissen, wie Sie dazu kamen, die *schwarze Hand* mit dem Mordfall in Verbindung zu bringen.«

»Jemand hat uns informiert.«

»Wer?«

»Keine Ahnung. Es war ein anonymer Anruf.«

Dearborns Gesicht verfinsterte sich. Man konnte ihm ansehen, daß er Leon nicht glaubte. Er beugte sich etwas vor. »Vielleicht wäre es in diesem Fall von Vorteil, wenn wir uns nichts vormachen würden«, sagte er. »Es könnte nämlich gut sein, daß die *schwarze Hand* tatsächlich dahintersteckt. Und was das für uns und die Bürger Londons zu bedeuten hat, brauche ich Ihnen nicht zu sagen, nicht wahr?«

»Dann sagen Sie uns jetzt, was Sie wissen, Verehrtester«, wandte Manfred ein. »Ich garantiere Ihnen, daß Scotland Yard auf unsere Unterstützung zählen kann.«

Poiccart bot Dearborn eine Zigarre an, die dieser jedoch ablehnte. Für eine Weile war es still am Tisch. Der Inspektor belauerte die drei Männer, die ihm schon so oft bei der Aufklärung eines Falles zuvorgekommen waren. Er machte sich nichts vor. Auch diesmal schien es, als wüßten sie mehr als er.

»Sie wissen, daß es sich bei der *schwarzen Hand* um eine italienische Organisation handelt, die ihren Ursprung in Chicago hat«, forschte Dearborn.

»Wir haben eine Akte über die *schwarze Hand*«, gab ihm Leon Bescheid. »Anscheinend handelt es sich dabei um eine Organisation, die entstanden ist, als sich der alte Lou Carella von Al Capone trennte. Inzwischen ist die *schwarze Hand* so stark, daß sie in den Großstädten Amerikas ihre eigenen Territorien hat und der Mafia mehr als nur die Stirn bieten kann.«

»Ihr Führer ist der älteste Sohn von Lou Carella.«

»Nick Carella«, sagte Manfred. »Er wohnt in Miami, Florida, ist verheiratet und hat sieben Kinder. Man sagt, daß er streng religiös ist und ein wohltätiges Gemüt hat. Tatsache ist aber, daß er über Leichen geht, um seine Ziele zu verfolgen.«

Inspektor Philander Dearborn nickte. »Glücklicherweise haben wir von dieser Bande in unserem Land noch nichts zu spüren bekommen, wenigstens darf ich sagen, daß dies bis vor kurzem der Fall war. Wir haben nun jedoch allen Grund zu der Annahme, daß Nick Carella versucht, hier in London Fuß zu fassen und die Unterwelt unter seine effektive Kontrolle zu bringen.«

»Was sind die Gründe, Verehrtester?« fragte Leon.

»Informationen aus Übersee«, sagte Dearborn vage.

»Mehr nicht?«

»Nein. Vorläufig nicht. Mein Verdacht wurde heute am Spätnachmittag verstärkt, als Dr. Stevens in mein Büro kam und mir mitteilte, daß man in den Faltenlinien auf der rechten Handfläche des Toten winzige Spuren von schwarzer Farbe entdeckt hat. Außerdem hat jemand die Handfläche mit Waschbenzin gesäubert.«

»Was für Farbe?« fragte Manfred. »Sagten Sie nicht Stempelfarbe?«

»Ja. Stempelfarbe«, erklärte der Inspektor. »Es ist ja allgemein bekannt, daß getötete Gegner der *schwarzen Hand* mit einem Kreuz gezeichnet werden. Ein schwarzes Kreuz, das ihnen entweder auf die Stirn oder auf die Hand gestempelt wird.«

»Sie glauben, daß sich jemand die Mühe genommen hat, dem Toten erst einen Stempel aufzudrücken, um ihn später wieder wegzuwischen?« fragte Leon ungläubig.

»Es gibt zwar keine Erklärung dafür, aber es hat allen Anschein, daß ebendies der Fall ist, Gonsalez.«

»Dann könnte es doch sein, daß sich jemand mit uns einen Scherz erlauben wollte. Jemand, der den Toten gefunden hat. Ein Junge aus der Gegend vielleicht. Und anschließend hat er Fracksausen gekriegt und die Hand wieder saubergemacht.«

»Bringen Sie mir einen Jungen in dieser Stadt, der den Nerv zu einem solch üblen Scherz hat, und ich schicke Nick Carella eine Weihnachtskarte mit den besten Wünschen zum neuen Jahr«, entgegnete Philander Dearborn mit unüberhörbarem Sarkasmus in der Stimme. »Niemand spielt gern mit Leichen herum, Gonsalez, schon gar nicht irgendwelche Jugendliche.«

Jetzt lachte Leon. Er erhob sich, verließ kurz den Raum und kam mit dem Umschlag und dem Zettel zurück, den der Postbote am Tag zuvor abgeliefert hatte.

»Dann sagen Sie mir, was Sie davon halten, Verehrtester«, sagte er und legte Umschlag und Zettel vor dem Inspektor auf den Tisch.

Dearborn inspizierte beides. Nach einer Weile blickte er auf. »Scheint, als ob dies ein Kind geschrieben hat. Zumindest kein Erwachsener.«

Die drei Männer am Tisch sahen ihn nur an. Dearborn runzelte die Stirn. »Gut«, knurrte er. »Gut, ich gebe zu, daß dieser Zettel von einem Bengel kommen könnte, der sich einen Streich ausgedacht hat. Aber es könnte auch sein, daß sich der Schreiber mit dieser kindlichen und fehlerhaften Schrift tarnen will, nicht wahr?«

»Das könnte gut sein, wenn wir nicht den Jungen gesehen hätten«, widersprach Manfred ruhig.

Dearborn blickte ihn ungläubig an. »Ihr wißt, wer der Junge ist?«

»Nein, leider nicht. Wir sahen ihn, als wir auf diesen Zettel hin nach Notting Hill fuhren und dort das Gebäude aufsuchten, in dem der Ermordete lag. Der Junge stand zuerst im Eingang einer Blindenwerkstatt an der High Street. Dann sahen wir ihn, kurz bevor wir das alte Haus betraten, in einer Häuserlücke. Als ich auf ihn zuging und ihn ansprechen wollte, lief er davon. Zum letztenmal fiel er mir auf, während Leon Sie von einer öffentlichen Telefonzelle aus anrief. Er verdrückte sich aber sofort, als er merkte, daß ich ihn entdeckt hatte.«

»Können Sie von ihm eine genaue Beschreibung abgeben?«

»Das wird kaum etwas nützen. Der sieht aus wie tausend andere Jungen, die sich in den Straßen herumtreiben. Schildmütze und Cordsamthose. Das einzige, was vielleicht helfen könnte, ist die alte Bomberjacke aus dem Krieg. Ziemlich zerschlissenes Ding. Braun. Mit Fellkragen.«

Inspektor Dearborn wandte sich an Leon. »Ich bin sicher, daß Sie sich über den Jungen einige Gedanken gemacht haben, Gonsalez«, sagte er.

Leon nickte. »Es könnte sein, daß der Junge in Gefahr ist, Inspektor. Vielleicht war er es, der den Toten gefunden hat. Vielleicht hat er sogar die Tat beobachtet und den Mörder erkannt.«

»Und warum meldet er sich dann nicht bei Scotland Yard?«

»Weil er Angst hat.«

»Wovor?«

Leon hob die Schultern. »Nicht wovor, Inspektor, sondern vor wem«, verbesserte er. »Wenn Ihre Befürchtungen stimmen und tatsächlich die *schwarze Hand* für den Mord verantwortlich ist, dann sollten wir alles daransetzen, den Jungen so schnell wie möglich zu finden.«

»Wir haben nichts«, wandte Dearborn ein. »Alles, was wir haben, ist ein Toter, den niemand kennt, ein Zettel, der uns vor der *schwarzen Hand* warnt, und ein Junge, der eine alte Bomberjacke trägt. Wenn ich es mir überlege, Gonsalez, dann scheint es, als ob wir irgend etwas übersehen hätten. Es muß irgendeinen Anhaltspunkt geben, einen Anfang.«

»Wenn es einen Anfang gibt, dann befindet er sich in Notting Hill. In der High Street oder in einer dieser finsteren Hintergassen.« Manfred erhob sich und ging zur Bar. »Es gibt zwei Möglichkeiten, diesen Fall anzupacken, Dearborn. Entweder machen wir uns ganz diskret auf die Suche nach dem Jungen, oder wir starten eine großangelegte Fahndungsaktion. Was immer es auch ist, wir sollten sofort damit anfangen, sonst könnte es gut sein, daß wir diesmal alle zu spät kommen.«

Inspektor Philander Dearborn kniff die kleinen Augen etwas zusammen. Wenn er dies tat, konnte man gut verstehen, daß er heimlich auch Snake-Eye genannt wurde.

»Wer von euch übernimmt den Fall?« fragte er.

Manfred goß sich etwas Scotch in ein Glas. Keiner der drei Männer beantwortete die Frage des Inspektors.

»Manfred?« fragte Dearborn.

George Manfred hob die Schultern. »Es könnte ein Fall sein, bei dem mehr zu verlieren als zu gewinnen ist, nicht wahr? Wir haben nicht einmal einen Klienten, der unsere Spesen bezahlen könnte.« Manfred hob sein Glas und trank einen kleinen Schluck. Alle sahen ihn erwartungsvoll an. Als er das Glas absetzte, nickte er anerkennend. »Bester Scotch«, sagte er. »Ich werde meinen alten Freund Jordan vom FBI anrufen. Wenn sich einer mit amerikanischen Verbrecherorganisationen auskennt, dann ist er es.«

»Bill Jordan?« Dearborn hob seine drahtigen Brauen. »Soviel ich weiß, mußte er doch frühzeitig seinen Abschied nehmen. Profitable Verbindung zur Mafia sagte man ihm nach.«

Manfred grinste. »Jordan war nie verschämt. Warum sollte er einer der wenigen ehrlichen Beamten in New York sein, die sich nicht bestechen lassen?«

»Soll das etwa heißen, daß Sie eine solche Verhaltensweise billigen?« fragte der Inspektor entrüstet.

»Natürlich nicht. Aber ich will trotzdem über Bill Jordan nicht den Stab brechen. Er hatte die größten Erfolge, Inspektor. Er war es, der Lucky Lantelli das Handwerk legte und den Massenmörder Gus ›Scarface‹ Grant in die Hölle beförderte, wobei er selbst eine blaue Bohne abkriegte.«

Inspektor Philander Dearborn blickte George Manfred an, als zweifelte er an dessen Verstand. Dann wandte er sich hilfesuchend an Leon Gonsalez. »Manfred hält es offenbar für notwendig, in die Ausdrucksweise eines typischen amerikanischen Großstadtgangsters zu verfallen. Ich hoffe nur, daß es uns gelingt, London vor Schlimmerem zu bewahren.«

»Auf George ist Verlaß, Verehrtester«, sagte Poiccart. »Der ist der einzige von uns, der alle Humphrey-Bogart-Filme gesehen hat.«

Manfred grinste von einem Ohr zum anderen. »Wer bezahlt die Telefonrechnung? Scotland Yard?«

»Ich glaube, das kann ich verantworten«, nickte Dearborn nach kurzem Zögern. George Manfred ging sofort zu dem kleinen Marmortischchen, auf dem das Telefon neben einer chinesischen Vase stand. Er schlug ein schwarzes, ziemlich umfangreiches Buch auf, klemmte sich den Hörer zwischen Ohr und Schulter und wählte mit der freien Hand eine Nummer, während er mit der anderen das Whiskyglas hielt.

»Wie spät ist es jetzt drüben?« fragte Dearborn.
»Sechs Stunden früher«, gab ihm Poiccart zur Antwort.
Das Fräulein vom Amt meldete sich. Manfred gab eine Nummer durch. Er mußte fast fünf Minuten warten, bis die Verbindung durchkam.
»Bill!« lärmte er in den Hörer. »Bist du das? – – – Nein! Dachte mir, daß du nicht Bill sein kannst mit dieser Stimme. – – – Seine Freundin? – – – Laura. Okay. Na, wie läuft's, Laura? Ich bin Manfred. – – – George Manfred. London. Ein Freund von Bill. – – – Im Bett? Am hellichten Nachmittag? Sagen Sie ihm, ich bin's! Manfred. – – – Das ist ein Fernge . . .« Manfred brach ab und drehte sich den Männern am Tisch zu. »Blöde Henne«, sagte er leise. »Gackert mir das Ohr voll und legt unterdessen wahrscheinlich ein Ei in . . . Bill? Bist du das? – – – Okay. Was, zum Teufel, tust du am Nachmittag im Bett? – – – Müde? – – – Die Nacht um die Ohren geschlagen hast du dir? Well, hör mal, erzähl mir eine Geschichte von Nick Carella! – – – Ja, der von der *schwarzen Hand.*«
Einige Minuten vergingen, ohne daß Manfred etwas sagte. Er hörte aufmerksam zu, und ab und zu trank er ein bißchen von seinem Whisky. Seinem Gesicht war nicht anzumerken, was er von dem hielt, was er aus New York vernahm. Schließlich aber nickte er Philander Dearborn heftig zu, was den Inspektor dazu veranlaßte, sich zu erheben und auf Manfred zuzugehen.
»Bist du sicher?« fragte Manfred plötzlich. Dann hörte er wieder zu. Diesmal nicht mehr so lange. »Okay? Wer kommt dafür in Frage? Versuch das rauszufinden. Ein Name genügt. – – – Nein, wir haben keine Ahnung, mit wem er in Verbindung steht. Wir haben einen Toten, sonst nichts. Fein säuberlich abgemurkst. Mit einem Messer. Stich ins Herz.«
»Montana? – – – Art Montana?« Manfred lachte. »Klingt ein bißchen wie Hollywood. – – – Well, das genügt vorläu-

fig. Tu mir einen Gefallen und hör dich ein bißchen um. Sobald du was erfährst, rufst du uns an. Keine Sorge, Scotland Yard zahlt die Rechnung.«

Manfred begann mit seinem Gesprächspartner über private Dinge zu reden, und der Inspektor kehrte zerknirscht an den Tisch zurück. Fast fünf Minuten lang scherzte George Manfred durchs Telefon, kriegte sogar noch einmal Laura an die Strippe und erzählte ihr einen ziemlich schäbigen Witz, den er nur in einer der anrüchigen Kneipen aufgeschnappt haben konnte, in denen er manchmal verkehrte. Als er schließlich auflegte, war sein Glas leer.

»Was ist?« fragte Leon Gonsalez sofort.

»So wie ich ihm den Mord beschrieben habe, kann der Mörder nur Art Montana sein, den man drüben auch Montana Kid nennt.«

»Montana Kid?« Inspektor Dearborn schüttelte mißbilligend den Kopf. »Wir sind doch nicht im Wilden Westen, Herrgott noch mal!«

Manfred berichtete, was ihm Bill Jordan sonst noch mitgeteilt hatte. Eine genaue Beschreibung von Art Montana würde er per Telefon übermitteln, sobald er wußte, daß sich Montana tatsächlich nicht in Chicago oder in Florida aufhielt, wo Nick Carella die Wintermonate verbrachte, so wie es sich für einen amerikanischen Millionär gehörte.

»Jordan kümmert sich darum. Er meint, daß Carella schon lange plant, in London eine Filiale zu eröffnen. Er hat drei Männer, denen er absolut vertrauen kann. Zumindest einer ist wahrscheinlich hier.«

Inspektor Philander Dearborn stellte noch ein paar Fragen, die ihm aber George Manfred auch nicht beantworten konnte. Dann erhob er sich und ging zur Treppe. Poiccart ließ es sich nicht nehmen, ihn hinunterzugeleiten und ihm in den Mantel zu helfen. Als sich Dearborn verabschiedete, wünschte er ihm einen guten Heimritt.

Dearborn verzog das Gesicht zu einem schiefen Grinsen. »So long, Cowboy«, sagte er und ging hinaus. Es war furchtbar kalt, und er zog den Kopf tief in den Mantelkragen, als er auf seinen Wolseley zuging. Vielleicht sah er deshalb die dunkle Gestalt nicht, die drüben in der Türnische des Tripplestick-Hauses stand, tief im Schatten eines vorstehenden Daches. Die Gestalt trug eine Schildmütze und eine alte Bomberjacke.

4. Kapitel
Mordauftrag

Randy entschloß sich, nach Hause zu gehen und die ganze Sache noch einmal zu überschlafen. Er schlenderte auf dem Gehsteig die Curzon Street hinunter, beide Hände in den Hosentaschen, den Fellkragen seiner Bomberjacke hochgeschlagen.

Es war schon ziemlich spät. Von der Curzon Street bis Notting Hill waren es mehr als fünf Meilen, sozusagen quer durch die Weststadt und am Hyde Park entlang. An der Ecke Clarges Street blieb Randy stehen. Es war zehn oder elf Uhr. Er wußte es nicht genau. Dort, wo der Wind hinkam, waren die Pfützen gefroren. Vom Schnee waren nur noch kleine schmutzige Reste in den Abflußrinnen übriggeblieben.

Randy holte eine Schachtel Zigaretten heraus. Jones hatte sie ihm am frühen Abend geschenkt. Und dabei hatte er ihn angesehen, als wäre Weltuntergang oder was. Und dann hatte er etwas gesagt, was Randy zu denken gab. »Junge, ich habe dir nie etwas Böses getan, nicht?«

So 'ne dämliche Frage.

Jones schien ganz durcheinander. Er hatte Angst. Sonst war er immer kalt wie eine Hundeschnauze.

Mußte an dem Mann mit den weißen Handschuhen liegen. Randy hatte ihn gesehen. Das war der Killer. Der Mann, der Billy Pyburn umgelegt hatte.

Randy zündete die Zigarette an und setzte seinen Weg fort. Aber anstatt weiter die Curzon Street entlangzugehen, entschloß er sich, einen Abstecher zum Charing-Cross-Bahnhof zu machen. Dieser befand sich zwar fast in genau entgegengesetzter Richtung, trotzdem wollte er mit diesem Umweg ziemlich viel Zeit sparen.

Auf der Northumberland Avenue war noch Verkehr. Ein Streifenwagen der Polizei hielt am Straßenrand. Aus den Augenwinkeln gewahrte Randy das Gesicht eines Konstablers, der die Seitenscheibe herunterdrehte.

»Hast du ein Zuhause, Junge?« fragte der Konstabler.

Randy schielte zum Streifenwagen herüber, drehte sich um und gab Fersengeld. Er rannte durch eine schmale Gasse und versteckte sich hinter einigen Mülltonnen. Fast eine halbe Stunde verbrachte er dort, bevor er sicher war, daß die beiden Konstabler nicht nach ihm suchten. Er ging auf Umwegen zur Charing Cross Station, wo er ein Fahrrad vom Ständer klaute. Damit fuhr er auf Nebenstraßen zurück nach Notting Hill. Er brauchte noch einmal eine halbe Stunde dazu. Das Fahrrad »deponierte« er im Hof hinter der Blindenwerkstatt, wo er es gegen einen Stapel von Brennholzscheiten lehnte.

Zu seiner Überraschung brannte daheim noch Licht. Seine Mutter saß in der Küche, ein Haarnetz auf dem Kopf und einen besorgten Ausdruck im Gesicht. Sie trank Tee. Es war kalt in der Wohnung. Kein Feuer im Ofen.

»Warum bist du nicht im Bett?« fragte Randy. Er nahm ein rohes Ei aus dem Schrank, schlug es an der Tischkante auf und schlürfte es aus.

»Wo warst du, Randy?« fragte seine Mutter zurück. Sie fragte sonst nie, wo er war. Sie wußte, daß er log, wenn es nötig war.

»Ich war mit Keith Woodbury zusammen in Kensington. Wir haben Holz gemacht, fürs Waisenhaus. Hier, ich habe dafür ein paar Pence gekriegt.« Er kramte in den Taschen herum und legte ein paar Münzen auf den Tisch. Er grinste. »Zigaretten auch. Willst du eine Zigarette?«

»Mr. Jones war hier«, sagte sie. »Er hat gesagt, daß er

dich sehen will, und zwar noch heute nacht. Es ist wichtig, hat er gesagt. Du sollst ja nicht versäumen, ihn aufzusuchen.«

»Warum? Was hat er gesagt?«

»Nichts sonst. Er hat gesagt, daß viel davon abhängt und daß nur wenig Zeit bleibt. Ich habe kein gutes Gefühl, Randy. Ich habe Angst. Irgend etwas stimmt nicht, und ich weiß es schon die ganze Zeit. Seit Tagen stimmt etwas nicht mit dir.«

Randy lachte auf und legte einen Arm um die Schultern seiner Mutter. »Es ist alles in Ordnung, Mom«, sagte er.

Sie blickte zu ihm auf. Ihre Augen waren gerötet. Wahrscheinlich hatte sie geweint. Sie weinte oft in letzter Zeit. Es schien, als hätte sie keine Freude mehr am Leben.

»Mach dir keine Sorgen um mich. Du weißt, daß ich gut auf mich aufpassen kann.«

»Ich weiß, daß du dich dort draußen mit üblen Leuten herumtreibst, Randy«, sagte sie. »Ich habe Angst um dich. Ich kann dich nicht hier festhalten, aber wenn du aus dem Haus gehst, habe ich Angst um dich.«

»Ich komme gut zurecht, Mom. Ich kenne die Tricks, verstehst du. Ich habe alles gelernt, was nötig ist.«

»Was hast du mit Mr. Jones zu tun?«

»Nichts. Ich mache Botengänge für ihn.« Randy zog die Schultern hoch und machte ein so harmloses Gesicht wie möglich. »Manchmal kriege ich dafür Geld. Manchmal eine Schachtel Zigaretten. Hier.« Er kramte die Zigaretten aus der Tasche seiner Bomberjacke. »Warum rauchst du nicht? Bist du krank?«

Sie lächelte und nahm eine Zigarette aus der Schachtel.

»Du bist ein guter Junge, Randy«, sagte sie. »Ich bin froh, daß ich dich habe. Ich wollte nicht mehr leben, wenn ich dich nicht hätte.«

»Red keinen Quatsch, Mom!«

»Das ist kein Quatsch. Das ist die Wahrheit.«

»Trotzdem. Red keinen Quatsch, Mom.« Er gab ihr Feuer. »Geh ins Bett. Du siehst müde aus. Warum gehst du nicht ins Bett?«

»Wirst du Mr. Jones aufsuchen?«

»Er heißt nicht Mr. Jones, Mom. Er heißt Spaghetti-Jones.«

»Das ist respektlos. Er hat ein Geschäft, nicht wahr! Leute, die ein Geschäft haben, sind bessere Leute, verstehst du. Man redet nicht schlecht über solche Leute.«

»Du gehst jetzt besser ins Bett«, sagte er. Er haßte es, wenn seine Mutter von Respekt redete und von besseren Leuten. Alle waren bessere Leute, weil sie sich selbst für ein Nichts hielt. Keine Selbstachtung. Kein Respekt vor sich selbst. Spaghetti-Jones war nichts als ein windiger Verbrecher, der Leute bedrohte, bis sie aus lauter Angst Schutzgeld an ihn bezahlten. Aber das wußte seine Mutter nicht. Und selbst, wenn sie es gewußt hätte, hätte sie ihn für einen »besseren« Menschen gehalten, nur weil er einen Laden besaß und ein Geschäftsmann war.

Seine Mutter rauchte. Und dann hustete sie. Ihr Gesicht wurde dunkel, und eine Zeitlang kriegte sie keine Luft mehr. Eigentlich hätte sie längst mit dem Rauchen aufhören müssen. Aber was blieb ihr dann noch? Als der Hustenanfall vorbei war, glitzerte Schweiß auf ihrem Gesicht, das langsam die Farbe verlor und wächsern wurde. Ihre Hand zitterte, als sie die Zigarette im Aschenbecher ausdrückte. Sie stand auf. »Ich geh jetzt ins Bett«, sagte sie. »Paß auf dich auf, Randy.«

»Keine Sorge. Schlaf gut.«

Randy wartete, bis sie im Schlafzimmer war. Dann ging er in sein Zimmer und wühlte in einer überfüllten Teekiste herum, bis er den Revolver fand, den er vor Monaten unter einer Bank im Hyde Park gefunden hatte. Es war ein Trommelrevolver mit einem kurzen Lauf und Perlmutt-Griffschalen. In der Trommel befanden sich drei Patronen und drei leere Hülsen. Randy steckte den Revolver ein und verließ die Wohnung.

Spaghetti-Jones wartete im Hinterzimmer seines Ladens. Da er die schweren Vorhänge zugezogen hatte, drang kein Lichtschein durch die Fenster nach draußen.

Randy klopfte dreimal gegen die Tür, und zwar in einem ganz bestimmten Abstand. Es dauerte eine Weile, bis er ein Geräusch hörte. Noch einmal klopfte er gegen die Tür.

»Bist du das, Randy?« fragte die Stimme von Spaghetti-Jones.

»Ich bin's«, gab Randy zurück. Mit der rechten Hand hielt er den Griff des Revolvers, der in der Tasche seiner Bomberjacke steckte. Er brauchte ihn nur kurz herauszuziehen und abzudrücken, denn der Hammer war schon gespannt.

»Warte, ich mach auf.«

Randy merkte, wie seine Hände feucht wurden. Er versuchte sich einzureden, daß es einfach sein würde, Spaghetti-Jones umzubringen. In Notwehr, natürlich. Und dann würde er davonrennen und sich verstecken, bis alles wieder war wie früher.

Randy hörte, wie ein Riegel geschoben wurde. Aber die Tür ging nicht auf. Statt dessen forderte ihn Spaghetti-Jones auf, einzutreten.

»Komm rein, Junge.«

Randy griff nach der Klinke, drückte sie nieder und stieß die Tür so hart auf, daß sie gegen die Innenwand knallte. Licht blendete ihn. Er sah die dunkle Gestalt von Spaghetti-Jones, der mitten im Raum stand. Fast automatisch kam Randys Hand mit dem Revolver aus der Jackentasche.

»Junge, was soll das?« stieß Spaghetti-Jones hervor. »Um Himmels willen, das Ding ist doch hoffentlich nicht geladen.«

Randy drückte nicht ab. Er hatte die Zähne fest zusammengebissen, und er merkte, wie seine Hand zitterte.

Spaghetti-Jones kam auf ihn zu. »He, bist du verrückt geworden, du Bengel!« sagte er. »Mach wenigstens die Tür zu, hörst du. Wenn das einer sieht, dann ist alles im Eimer, verstehst du?«

»Still«, preßte Randy hervor. »Ich weiß, daß mich einer umbringen soll, weil ich Billy Pyburn gesehen habe mit dem schwarzen Kreuz auf der Hand. Außerdem weiß ich, was sich tut, Jones. Ich weiß alles haargenau!«

»Junge, du hast Glück, daß ich kein Herz aus Stein habe, verdammt! Außerdem lass' ich mir nicht gern ins Handwerk pfuschen, verstehst du. Nicht einmal von diesem Nick Carella, der mir den Buckel runterrutschen kann mit seinen amerikanischen Geschäftspraktiken. London ist meine Stadt, und ich mache die Geschäfte auf meine Art, verstehst du?« Jones beachtete den Jungen nicht mehr. Er ging einfach zur Tür, lugte hinaus, nach links und nach rechts und hinüber zum Nachbarhaus, und dann machte er die Tür zu und schob den Riegel vor. Als er sich umdrehte, hatte Randy den Revolver noch immer in der Hand.

»Tu das Ding weg, zum Teufel. Ich will nicht andauernd in die Mündung eines Revolvers blicken, wenn ich mit dir ein Geschäft mache.«

»Welches Geschäft?«

»Partnerschaft«, sagte Jones bedeutungsvoll.

Randy erwiderte nichts darauf. Er wollte vorsichtig sein. Jones war ein Gauner. Verschlagen. Gefährlich. Manchmal auch hinterhältig.

»Junge, dieser Art Montana ist ein amerikanischer Großkotz, verstehst du. Er arbeitet für Nick Carella und die *schwarze Hand.* Aber was heißt das schon? Hier heißt das nichts. Er hat zwar Billy Pyburn umgelegt, um mir zu imponieren. Und jetzt meint er, ich krieche vor ihm wie ein Hund. Du kennst mich, Junge. Ich krieche nie. Ich krieche vor nichts, schon gar nicht vor diesem Cowboy. Und ich lass' mir nicht drohen, verstehst du. Der hat gesagt, daß ich tun soll, was er verlangt, weil das alles Nick Carellas Befehle sind. Als ob dieser Nick Carella der liebe Gott wäre. Ist er vielleicht drüben in Chicago. Aber hier ist niemand der liebe Gott, und Respekt habe ich nur vor mir selbst, verstehst du. Tu also den verteufelten Revolver weg, bevor der zufällig losgeht und du damit noch Unheil anrichtest. Das könnte dir leid tun, verstehst du?«

»Ich habe ihn gesehen«, sagte Randy, ohne den Revolver einzustecken. »Er ist ein Killer. Er weiß, daß ich Billy gefunden habe. Er weiß auch, daß ich oft für dich Dinge erledigt habe, nicht wahr?«

»Du vermutest richtig, Junge.« Jones grinste breit. »Du bist gescheit, das ist klar. Niemand kann dir ein A für ein O vormachen. Ich habe ihm das gesagt. Ich habe ihm gesagt, daß man in dich Vertrauen setzen kann. Aber dieser verfluchte Cowboy will davon nichts wissen.«

»Er will mich aus dem Weg räumen, nicht wahr?«

»Woher weißt du das?«

»Ich habe es mir gedacht. Und außerdem habe ich zugehört, als er heute im Laden war. Ich war in der Nähe. Er hat dir einen Mordauftrag gegeben.«

»Teufelskerl, der du bist«, sagte Jones bewundernd. »Er denkt, daß du Fracksausen kriegen und irgend etwas Dummes tun wirst. Zum Beispiel könntest du Scotland Yard alarmieren, was ja auch für mich den Ruin bedeuten könnte, nicht wahr!«

»Ich habe daran gedacht.«

»An was?«

»An Scotland Yard.«
»Wegen Billy? Weil er dein Freund war?«
»War er nicht. Aber ich mochte ihn.«
»Junge, mach dir nicht unnötig Kopfzerbrechen. Billy ist tot. Basta. Er hat Pech gehabt. Jetzt bist du dran, verstehst du? Schon bei seinem ersten Besuch hat er das gesagt, und heute verlangte er von mir, daß *ich* dich umbringe. In dieser Nacht. Du sollst für immer verschwinden. In der Themse. Ich habe gesagt, daß das einfach ist. Aber er will einen Finger von dir. Bis morgen früh, bevor es Tag wird. Er will den Zeigefinger von deiner rechten Hand. Stell dir das vor. So eine Sauerei. Das kann nur diesen Chicago-Gangstern einfallen.«
Randy kniff die Augen etwas zusammen. Fast wurde ihm schlecht, wenn er daran dachte, was Spaghetti-Jones mit ihm machen sollte.
»Du bist ganz grün um die Nase, Junge«, lachte Jones. »Stell dir vor, einer kommt hier angetanzt und macht solche Sprüche. Der kennt mich nicht. Ich bring dich nicht um, verstehst du. Weil wir Freunde sind. Statt dessen mache ich dir einen Vorschlag.«
»Was für einen Vorschlag?«
»Daß du mein Partner wirst.«
»Im Laden?«
»Nein. Nicht im Laden. Du weißt schon. Das andere Geschäft. Außerdem habe ich was vor, von dem du keine Ahnung hast. Aber es bringt Geld. Ein Vermögen, wenn wir es richtig machen.«
»Was habe ich zu tun?«
»Nicht viel. Ich sage dir alles, wenn du mir dein Wort gibst. Das brauche ich, verstehst du. Ich will dein Wort haben, damit alles sicher ist.«
»Und wenn ich mein Wort nicht halte?«
»Du bist keiner, der sein Wort nicht hält. Du bist kein

krummer Hund, Junge. Ich kenne dich. Deshalb vertraue ich dir. Also dein Wort, daß du mich nie im Stich lassen oder verraten wirst!«

»Mein Wort.«

»Okay. Und daß du tust, was ich von dir verlange.«

»Ja.«

»Dein Wort!«

»Mein Wort!«

»Also. Hier, gib mir deine Hand, Junge. Jetzt sind wir Partner. Und denk immer dran, du schuldest mir dein Leben, hörst du! Ich hätte dich bequem umbringen können, glaub es mir. Nichts leichter als das. Du wärst jetzt schon tot, und ich würde einen deiner Finger in eine leere Zigarrenschachtel stecken und zu Art Montana bringen.«

»Wo ist er?«

»Nicht weit von hier.«

»Wo?«

»In der Glucester Street. Kynance Place Hotel. Er wartet dort auf mich. Weißt du, was er gesagt hat? Er hat gesagt, daß ich jederzeit kommen könnte, sobald ich dich abgemurkst habe. Er sei wach, und das Hotel hätte einen Nachtportier.«

»Und was passiert, wenn du nicht hingehst?«

»Dann kommt er und bringt mich um.«

»Wann?«

»Irgendwann morgen.«

Randy nahm die Mütze vom Kopf und wühlte in seinem Haarschopf. Er dachte einige Minuten lang nach. Schließlich zeigte er auf eine gekachelte Sitzbank neben dem kleinen Ofen, in dem ein Feuer brannte.

»Kann ich hierbleiben?« fragte er.

»Sicher. Wenn du willst. Ich kann dir eine Decke geben.«

»Dann bleibe ich hier.«

Ohne sich weiter um Jones zu kümmern, ging Randy zum Ofen und legte sich auf die Bank. Jones holte eine Wolldecke aus einer Kiste und breitete sie über ihm aus.

»Ich leg noch ein bißchen Holz nach«, sagte er, aber der Junge gab ihm keine Antwort mehr. Er hatte sich zur Seite gedreht und schien bereits zu schlafen.

Der Leichnam war von der Strömung gegen einen Pfeiler des Nine Elms Pier getrieben worden. Ein Penner, der in einer Güterhalle des Vauxhall-Bahnhofes übernachtet hatte, entdeckte ihn, als er zum Pier kam, um im trüben Wasser der Themse ein altes Hemd zu waschen.

Als die Beamten von Scotland Yard dort eintrafen, war der Penner noch immer völlig außer sich. Peter Roos, der Kriminalunterkommissar, knöpfte sich den Mann sofort vor, während andere Beamte den schon etwas aufgedunsenen Leichnam ins Trockene zogen.

»Ich dachte zuerst, ich spinne«, erzählte der Penner. »Das hat ausgesehen, als ob sich dort unten einer am Pfosten festhalten würde. Ich konnte das Gesicht gut sehen. Die Augen waren offen und der Mund auch. Ich brüllte zu ihm hinunter, daß er loslassen solle, wenn er Luft braucht, und erst da merkte ich, daß er tot war, weil keine Blasen aus seiner Nase kamen und auch nicht aus seinem Mund.«

Mehr wußte der Penner nicht zu berichten, und Peter Roos blieb nichts anderes übrig, als den Toten an Ort und Stelle von einem der Ärzte untersuchen zu lassen und ihn danach ins Leichenschauhaus zu überführen.

Peter Roos sah zu, wie einige Beamte den Leichnam mit Stricken den Pier entlangzogen bis zur schräg abfallenden Kaimauer. Dort zogen sie ihn an Land, und ein Fotograf machte die ersten Bilder.

Ein junger Arzt, der sich über den Toten beugte, entdeckte sofort ein kleines Loch im Trenchcoat, und zwar auf der linken Brustseite. Obwohl der Leichnam schon eine Zeitlang im Wasser gelegen hatte, konnte man die verwaschenen Flecken gut sehen, wo sich der Mantelstoff mit Blut vollgesogen hatte.

»So wie es aussieht, ist er von einer Kugel getroffen und tödlich verletzt worden«, sagte der Arzt, als er sich aufrichtete. »Scheint ein glatter Durchschuß zu sein. Wahrscheinlich war der Mann auf der Stelle tot.«

»Ich nehme an, der genaue Zeitpunkt der Tat läßt sich erst nach genaueren Untersuchungen feststellen«, sagte Peter Roos.

»Wenn überhaupt«, nickte der Arzt. »Der Leichnam lag wahrscheinlich einige Zeit im Wasser. Es wird schwer sein, die Tatzeit auf die Stunde festzuhalten. So wie er aussieht, lag er eine Nacht lang im Wasser.«

»Wie alt schätzen Sie ihn?«

»Zwischen dreißig und vierzig. Schwer zu sagen. Zahnprothesen oben. Mehrere falsche Zähne unten. Außerdem hat er schon ein paar graue Haare.«

Peter Roos bückte sich, hob das weiße Tuch etwas an, das man über dem Leichnam ausgebreitet hatte, und warf einen letzten Blick in das schwammige weiße Gesicht. Die Beamten der Spurensicherung hatten keinen Ausweis gefunden und überhaupt nichts, was auf die Herkunft des Toten hätte deuten können, und auch das blasse Gesicht konnte nicht verraten, was der junge Kriminalunterkommissar gern hätte wissen wollen. Auf der Innenseite des Mantels, wo normalerweise ein Firmenzeichen eingenäht war, hingen nur ein paar Fäden.

Eine präzise Untersuchung konnte allerdings an Ort und Stelle nicht vorgenommen werden. So wurde der Tote in einem Leichenwagen zum Yard gefahren und sofort in einem Kühlfach untergebracht.

Dr. Henry Stevens kam erst am späten Nachmittag dazu, sich um den Leichnam zu bemühen, weil er im Moment mehrere Leichen auf den Schragen liegen hatte, die bei einer mysteriösen Gasexplosion bei den Rotherite-Docks ums Leben gekommen waren.

Der Tote war inzwischen nackt. Ein Assistent machte Dr. Stevens auf eine häßliche Brandnarbe aufmerksam, die den linken Oberarm verunstaltete. Dr. Stevens kramte in einer Tasche seiner Schürze herum und brachte eine halb zerdrückte Zigarette zum Vorschein. Er versuchte, sie zwischen den Fingern zu glätten, aber sie zerfiel, und Tabakkrümel fielen auf den Leichnam nieder.

»Ist denn hier niemand, der Zigaretten hat?« fragte der Arzt ärgerlich. Er war ein süchtiger Kettenraucher, dessen Fingernägel gelb waren vom Nikotin. Außerdem hatte er Probleme mit seinen Bronchien und Herzbeschwerden. Manchmal suchten ihn die schlimmsten Anfälle heim, aber auf jeden Versuch, ihn von der Schädlichkeit des Rauchens zu überzeugen, reagierte er wie ein Berserker.

Einer der Assistenten bot ihm eine filterlose Players an. Stevens zündete die Zigarette hastig an, nahm ein paar tiefe Züge und beugte sich dann über den Toten. Die Untersuchung dauerte mehrere Stunden. Danach bestand kein Zweifel mehr, daß der Mann einem glatten Herzdurchschuß erlegen war. Die Kugel mußte aus etwa zwei bis drei Yards Entfernung abgefeuert worden sein, frontal und ein bißchen schräg von der linken Seite. Sie war dem Mann zwischen den Rippen in den Brustkorb eingedrungen, hatte das Herz durchschlagen, den rechten Lungenflügel verletzt und war eine Handbreit neben dem Rückgrat, etwa zwei Zoll unter dem rechten Schulterblatt, ausgetreten. Das Einschußloch war so klein, daß Dr. Stevens nur ein schmales Skalpell einführen konnte. Am Rücken klaffte allerdings eine häßliche, faustgroße Wunde.

Die Ärzte untersuchten auch den Dreck unter den Fingernägeln des Toten, stellten allerlei Vermessungen an, machten Abdrücke seiner Zähne, nahmen ihm die Fingerabdrücke und taten alles, um den Fahndungsbeamten später die Identifikation des Mannes zu erleichtern.

Die Kleider wurden von anderen Beamten untersucht. Das Hemd war ein englisches Fabrikat von McGregor, modisch geschnitten und von bester Qualität. Der Anzug hatte dem Mann weit weniger gut gepaßt, obwohl er offenbar maßgeschneidert war. Entweder war der Mann einmal dicker gewesen, oder der Schneider hatte die falschen Maße genommen. Bei dem Mantel handelte es sich um einen marineblauen Trenchcoat, von dem das Kragenetikett herausgetrennt war. In den Taschen fanden die Beamten nichts, außer einer halbaufgelösten Papiertüte, die einmal geröstete Erdnüßchen enthalten hatte, einem winzigen Schraubenzieher, wie ihn Uhrmacher benutzten, und einer kleinen flachen Dose mit einem Rest Maschinenfett.

Nachdem Dr. Stevens mit der Untersuchung fertig war, wurde der Leichnam bis auf weiteres wieder in einem Kühlfach untergebracht. Irgendwann, so vermuteten die Beamten von Scotland Yard, würde jemand eine Vermißtenanzeige aufgeben, nach der der Tote identifiziert werden konnte. Bis jetzt war es nur ganz selten vorgekommen, daß ein Leichnam länger als einige Wochen aufbewahrt werden mußte, weil sich niemand für ihn interessierte.

So unauffällig wie möglich durchstöberten Beamte von Scotland Yard einen bestimmten Teil von Notting Hill, auf der Suche nach einem Jungen, der eine Bomberjacke trug.

Inspektor Philander Dearborn leitete die Fahndung persönlich. Er setzte mehr als zwei Dutzend Beamte ein, aber einen Tag vor Weihnachten gab es immer noch keine Spur von dem Jungen und nicht einen einzigen Anhaltspunkt, wer den Mann im Kellergewölbe umgebracht haben könnte.

Am Weihnachtstag telefonierte Manfred erneut mit New York. Bill Jordan hatte soeben von seiner Freundin ein Paar Ohrwärmer aus weißem Hasenfell geschenkt gekriegt. »Stell dir vor, ich lauf mit diesen Dingern durch Manhattan«, sagte Jordan, und es klang, als wäre er ziemlich unglücklich über dieses Geschenk. »Selbst die Taschendiebe hätten keinen Respekt mehr vor mir.«

Manfred wünschte ihm trotzdem schöne Weihnachten, fragte ihn aber sofort nach Nick Carella.

»Der hat seinen Winterschlaf überraschend abgebrochen und weilt seit vier Tagen wieder in Chicago. Ich wollte dich eigentlich sogleich anrufen, aber dann dachte ich, daß es besser ist, zuerst ein paar Nachrichten abzuwarten.«

»Und?«

»Es ist irgend etwas passiert, und zwar etwas, das Nick Carella dazu veranlaßt hat, umgehend und trotz der Feiertage seine Leute um sich zu scharen. Alle waren da. Fred Silverstein, der Anwalt; Garry Gabrieli, der Mann, der in Atlanta auf dem Thron hockt; Jimmy Lombardi, der Mann aus New York, und Franky Rizzoli, der Halbbruder von Art Montana. Die Konferenz fand im alten Ambassador-Hotel statt.«

»Was ist passiert?«

»Nick Carella hat offenbar aus London keine Weihnachtspost gekriegt.«

»Was soll das heißen? Zum Teufel, Bill, ich wäre dir verbunden, wenn du versuchen könntest, etwas deutlicher zu werden. Wie du weißt, haben wir hier selten mit solchen Dingen zu tun.«

Bill Jordan lachte. »Beruhige dich, George. Ich weiß doch selbst nicht, was sich abgespielt hat. Aber es scheint, daß Nick Carella die Verbindung zu Art Montana verloren hat. Es steht fest, daß Montana vor einigen Wochen nach London abgereist ist, und zwar mit einem ganz bestimmten Auftrag. Nun ist etwas schiefgelaufen, und niemand weiß was. Carella fürchtet offenbar, daß Art Montana versucht, das Londoner Geschäft alleine zu machen. Carella hatte schon einmal Ärger mit ihm. Damals hat er Montana nach Südamerika abgeschoben, wo er sich zu bewähren hatte. Als Montana zurückkehrte, war er ein anderer Mensch.«

»Danach steht es für dich fest, daß Montana den Mann im Keller umgelegt hat?«

»Absolut.«

»Und wo ist Montana jetzt?«

»Keine Ahnung. Sag mal, soll ich rüberfliegen und euch unter die Arme greifen oder was? Ich dachte immer, Scotland Yard sei nicht zu schlagen, wenn es darum geht, Ganoven hinter Schloß und Riegel zu bringen.«

»Kannst du Fotos von Art Montana auftreiben?« fragte Manfred zurück.

»Hab ich schon auf meinem Schreibtisch liegen. Kommen aus dem FBI-Verbrecheralbum. Außerdem eine genaue Beschreibung. Das Zeug geht morgen an dich ab. Wenn du willst, gebe ich dir kurz eine Beschreibung durch.«

»Schieß los!«

Bill Jordan beschrieb den Killer Art Montana so gut, daß ihn sich George Manfred sogar vorstellen konnte. Demnach handelte es sich bei diesem Verbrecher um einen mittelgroßen Mann, der etwa 170 Pfund schwer war und ein flaches kantiges Gesicht von fahler Blässe hatte. Ein äußerliches Merkmal, an dem Art Montana zu erkennen war, waren seine weißen Handschuhe. »Wenn du Gelegenheit kriegst, ihm unters Hemd zu schauen, wirst du an seinem linken Oberarm eine ziemlich wüste Brandnarbe entdekken, die er sich als Kind eingehandelt hat«, schloß Bill Jordan seine Beschreibung. Manfred stellte ihm noch ein paar Fragen, dann legte er auf. Er schaute zum Weihnachtsbaum hinüber, wo Poiccart damit beschäftigt war, neue Kerzen in die Halter zu stecken. Obwohl Poiccart dies mit äußerster Sorgfalt tat, fielen Nadeln auf die Geschenke nieder, die ausgepackt darunter lagen.

»Montana ist also hier in London?« fragte Poiccart, ohne sich von seiner Arbeit abzuwenden.

George Manfred gab ihm keine Antwort. Er versuchte, sich darauf zu konzentrieren, was Bill Jordan gesagt hatte. Er hatte ein unbestimmtes Gefühl, daß ihm in den Worten seines amerikanischen Freundes irgendein Hinweis von äußerster Wichtigkeit entgangen war.

Von draußen kam Leon Gonsalez herein. Sein Gesicht war leicht gerötet. Er rieb seine Hände gegeneinander. »Hast du Bill Jordan erreicht?« fragte er.

Manfred hob den Kopf. »Die Vermutung hat sich bestätigt, Leon. Art Montana befindet sich hier in London. Er hat den Mann im Keller umgebracht. Es scheint allerdings, als ob etwas schiefgelaufen wäre. Auf jeden Fall ist Nick Carella von Florida aus nach Chicago gereist, wo er seine Verbündeten um sich geschart hat. Nach Informationen, die Bill erreichten, scheint die Verbindung zu Art Montana abgebrochen zu sein.«

Leon kniff die Augen etwas zusammen. »Hast du eine Beschreibung von Montana?«

Manfred nickte. »Die Beschreibung paßt wahrscheinlich auf zehntausend andere Männer zwischen dreißig und vierzig, die sich zur Zeit hier in London befinden. Mittelgroß, hager mit einem knochigen Gesicht und tiefliegenden Augen. Das Auffälligste an ihm sind die weißen Lederhandschuhe, die er laut Bill sogar im Sommer trägt, und eine Narbe am linken Oberarm, die man allerdings nur sehen kann, wenn . . .« Manfred brach plötzlich ab. Seine Augen weiteten sich etwas, und er sprang vom Polsterstuhl auf. »Ich hab's«, stieß er hervor und hieb seine rechte Faust in die offene linke Hand. »Gentlemen, wenn wir Glück haben, können wir Mister Nick Carella noch heute eine Warnung zukommen lassen, die ihn davon abhalten wird, noch einmal einen Killer nach London zu schicken.«

Leon Gonsalez und Raymond Poiccart wechselten einen Blick, während Manfred zum Telefon ging und den Hörer abhob. Er wählte eine Nummer und wurde offenbar mit Scotland Yard verbunden. Er wünschte Inspektor Dearborn zu sprechen, aber der hatte offenbar keinen Dienst. Statt dessen bekam Manfred Peter Roos an die Strippe.

»Peter? Ich bin's, George Manfred. Sagen Sie, haben Sie sich den Toten mal angesehen, den eure Leute vor etlichen Tagen aus der Themse gefischt haben?«

»Dr. Stevens lud uns alle zu einer äußerst interessanten Leichenschau ein, wenn Sie das meinen.« Peter Roos hüstelte. »Leider haben wir den Toten trotzdem nirgendwo unterbringen können. Keine Vermißtenanzeige. Nichts.«

»Kann ich ihn mir mal kurz ansehen?«

»Jetzt? Es ist Weihnachten!«

»Nur kurz. Ich habe außerdem ein Geschenk für Sie.«

»Well. Na, ich kann natürlich Dr. Stevens anrufen und . . .«

»Das ist nicht nötig, Peter. Ich will nur einen Blick auf ihn werfen. Und wenn er der Mann ist, für den ich ihn halte, dann sind wir im Fall der *schwarzen Hand* ein gutes Stück vorangekommen.«

»Soll ich den Inspektor informieren?«

»Nein. Lassen Sie ihn getrost in Frieden Weihnachten feiern.«

George Manfred legte auf. In seinen Augen leuchtete ein Funke, den seine beiden Partner nur zu gut kannten.

Wenn er sich einmal in einen Fall verbissen hatte, dann ließ er sich durch nichts und durch niemanden mehr davon abbringen, ihn aufzuklären. Und einen so entschlossenen Ausdruck hatten sie in seinem Gesicht schon lange nicht mehr gesehen.

Eine halbe Stunde später war Manfred im Yard. Peter Roos erwartete ihn in der Eingangshalle. Manfred übergab ihm ein kleines Geschenk. »Schräggestreifte Krawatte«, sagte er. »Davon habe ich dieses Jahr fast ein Dutzend zu Weihnachten gekriegt.«

Peter Roos seufzte, sagte aber lieber nichts. Sie fuhren mit dem Aufzug in das Kellergeschoß, wo sich die Leichenschauhalle und die Untersuchungsräume befanden. Peter Roos kannte sich aus. Es dauerte nicht lange, da beleuchtete das kalte Licht einer Untersuchungslampe einen Toten, von dem nur die weißen Füße zu sehen waren. Vom großen Zeh hing ein Etikett, das Peter Roos kurz näher betrachtete. »Das ist er«, sagte er.

Manfred hob das weiße Tuch etwas an. Darunter lag der Mann, kalt wie ein Fisch, mit dünnen Linien über dem Brustkorb, dort, wo er beim Sezieren fachgerecht mit dem Skalpell aufgeschnitten worden war, damit die genaue Todesursache festgestellt werden konnte.

»Saubere Arbeit«, stellte Manfred anerkennend fest.

»Nicht wahr«, sagte Peter Roos. »Der sieht aus, als könnte man ihn auftauen und wiederverwenden. Ist er der Mann, Manfred?«

George Manfred berührte den linken Oberarm des Toten, wo ganz deutlich eine häßliche Brandnarbe zu sehen war. Die Haut schimmerte dort beinahe durchsichtig.

»Der Mann heißt Art Montana, und er kommt aus Chicago«, sagte er, ohne aufzublicken. »Er ist ein Vertrauter von Nick Carella, dem Boß der *schwarzen Hand.* Außerdem hat er den Mann in Notting Hill umgebracht.«

»Wie ... wie wollen Sie das alles wissen?«

»Informationen, mein Freund.« Manfred zog das Tuch über den Kopf des Toten. »Es ist wichtig, daß niemand von der Identität dieses Mannes erfährt, Peter. Ich werde diesbezüglich persönlich mit Ihrem Vorgesetzten reden. Der Mann wird drüben von seinen Auftraggebern vermißt. Wahrscheinlich wird Nick Carella einen zweiten Mann herschicken. Wenn es uns gelingt, ihn schon am Flughafen abzufangen, wird es Jahre dauern, bis eine amerikanische Gangsterorganisation noch einmal versucht, sich in der Londoner Unterwelt einzunisten.«

Peter Roos blickte Manfred stirnrunzelnd an. »Und der Mörder? Ich meine, jemand muß doch diesen hier aus dem Weg geräumt haben. Ich kann mir nicht denken, wer von unseren Ganoven den Mut hätte, gegen eine Organisation wie die *schwarze Hand* anzugehen.«

»Ein Narr vielleicht. Oder ein Mann, der keine Ahnung hat, was ihm blühen kann, wenn Nick Carella erfährt, daß Art Montana tatsächlich tot ist. Auf jeden Fall hat der Mann nicht damit gerechnet, daß dieser Tote hier so schnell identifiziert wird. Und das gibt uns etwas Zeit, Peter. Wo kann ich Snake-Eye finden?«

»Heute noch? Der war so müde, daß er wahrscheinlich im Bett liegt, mit dem Telefonhörer unterm Kissen.«

»Well, dann fahr ich hin.« Manfred war schon auf dem Weg nach draußen, während Peter Roos den Schragen mit dem Toten in das Kühlfach zurückschob.

Dearborn war an diesem Tag nicht aufzufinden. Seine Frau, von der er getrennt lebte, erzählte Manfred, daß er am frühen Morgen schnell auf Besuch gekommen sei, um den Kindern die Geschenke zu bringen. »Er sah so müde aus, daß ich ihm anbot, hierzubleiben und sich auszuschlafen«, erklärte sie. »Erst dachte ich, er würde das Angebot annehmen und es sich auf dem Sofa bequem machen, aber dann wurde er immer unruhiger, und schließlich sagte er, daß er noch etwas zu erledigen hätte.«

Manfred hob überrascht die Brauen. »Haben Sie ihn gefragt, was das ist?«

»Ja. Aber er hat mir nichts gesagt. Das war schon früher so, als wir noch verheiratet waren. Er hat mir nie etwas über seine Fälle gesagt, an denen er arbeitete. Er kam und er ging, und manchmal hatte ich Angst um ihn, weil ich erkennen konnte, daß er verzweifelt war. So wie heute. Phil ist verzweifelt, Mr. Manfred.«

»Und er hat nichts verlauten lassen?«

Sie schüttelte den Kopf und Manfred verabschiedete sich von ihr. Er fuhr zur Curzon Street zurück. Raymond Poiccart und Leon Gonsalez saßen im Wohnzimmer und diskutierten über die Anstellung einer Köchin oder Haushälterin. Poiccart war ziemlich aufgeregt. »Ich darf dich vielleicht daran erinnern, daß du damals, an einem schönen Herbstabend, aus reinster Frustration einen Teller mit Pflaumen-Milchbrei an die Wand geklatscht hast und danach bis zum Monatsende nicht mehr zum Essen kamst«, sagte er eben zu Leon.

»So wie damals muß es ja nicht wieder werden«, wandte Leon ein. »Was meinst du, George? Sollten wir nicht versuchen, diesem Heim eine etwas sonnigere Atmosphäre zu verpassen? Allmählich fällt es mir schwer, Poiccart ständig mit einer Küchenschürze bekleidet um mich zu haben.«

»Warum überlassen wir ihm nicht den Haushalt und suchen uns statt dessen ein reizendes Geschöpf als Partnerin im Außendienst?«

Leon grinste. Er hätte eigentlich wissen müssen, daß mit George Manfred über eine derartige Angelegenheit nicht vernünftig zu reden war. Er stand auf und ging zum Fenster. Es hatte leicht zu schneien angefangen. Auf der Straße war kein Verkehr. Einige Minuten lang sagte keiner von ihnen ein Wort. Weihnachten herrschte oft eine merkwürdige Atmosphäre in dem kleinen Haus an der Curzon Street.

Manfred machte sich an der Bar zu schaffen. Er schenkte Scotch in drei Kristallgläser. »Der Mann, den Nick Carella ausgeschickt hat, liegt in einem Kühlfach von Scotland Yard«, verkündete er halblaut.

Leon drehte sich sofort vom Fenster weg. Und Poiccarts finsteres Gesicht hellte sich auf, so als hätte Manfreds Nachricht einen Schatten verjagt, der sich an diesem Abend unbemerkt in das Haus eingeschlichen hatte. Es war ein Schatten, der ihr Verhältnis schon einige Male bedroht hatte, denn nicht immer fiel es ihnen leicht, zusammen zu sein. Zwar hatten sie es sich zur wichtigsten Aufgabe gemacht, das Verbrechen gemeinsam zu bekämpfen, aber an einem Tag wie diesem, wenn in anderen Häusern Familien das Weihnachtsfest feierten, konnten an ihrer Gemeinschaft leicht Zweifel aufkommen.

»Du willst damit sagen, daß es hier in London jemand gibt, der bereit dazu ist, der *schwarzen Hand* die Stirn zu bieten?« fragte Raymond Poiccart ungläubig.

»Macht dich das nicht beinahe stolz?« lachte Manfred und gab seinem Partner ein Glas. Leon Gonsalez kam vom Fenster herüber, und alle drei hoben ihre Gläser und prosteten sich zu. Und nachdem sie getrunken hatten, erzählte George Manfred von der Leiche im Kühlfach, die man aus der Themse gefischt hatte, und von seinen weiteren Plänen. Er war beinahe damit fertig, als es unten an der Haustür klingelte. Poiccart ging hinunter, und niemand war überrascht, als er mit Philander Dearborn zurückkam. Das Gesicht des Inspektors war von der Kälte gerötet. An seiner Nase hing ein glitzernder Tropfen.

»Ich hoffe, ich störe euch nicht beim Fest«, sagte er und betrachtete dabei den Weihnachtsbaum.

»Aber natürlich nicht, Verehrtester«, sagte Leon.

Keiner von ihnen fragte Dearborn, wo er sich herumgetrieben hatte. Sie wußten, daß ihm der Fall keine Ruhe ließ. Und wahrscheinlich war er in Notting Hill gewesen, in den finsteren Hintergassen, wo selbst an diesem Abend kaum irgendwo ein Licht brannte.

5. Kapitel
Franky Rizzoli, das Wiesel

Es gelang Inspektor Dearborn, den Tod von Art Montana geheimzuhalten. Einfach war das nicht. Er mußte seine Vorgesetzten von der Bedeutung dieses Unterfangens überzeugen, und diese wiederum hatten sich bei den zuständigen Regierungsbeamten zu verantworten. Trotz der hilfreichen Hand von Peter Roos wurde Dearborn kaum mit dem Papierkrieg fertig.

So verging die Zeit. Das neue Jahr fing an. Leon Gonsalez verbrachte zwei Wochen in Madrid, um in Zusammenarbeit mit der spanischen Polizei eine internationale Betrügerbande auffliegen zu lassen. Raymond Poiccart hatte auf ein Stellengesuch im *Daily Megaphon* geantwortet und dadurch eine junge Dame kennengelernt, die hübsch war, klug und bereit, im Haushalt zu arbeiten. Sie sprach französisch und war zuvor im Hause von Lord Clinckendale angestellt gewesen. Ihre Zeugnisse waren erstklassig, und eigentlich hätte einer Anstellung nichts im Wege gestanden, wenn Poiccart nicht plötzlich sein persönliches Interesse für die junge Dame entdeckt hätte.

Er verschwieg seinen Partnern die Existenz dieser jungen Dame bis Ende Januar. Er begann, des öfteren auszugehen, und er benutzte zum hellen Entsetzen von George Manfred ein Rasierwasser, das intensiv duftete.

Der Januar verging.

Leon Gonsalez kehrte aus Spanien zurück.

Es war kalt in London. Man sprach vom kältesten Winter des Jahrhunderts. In Nordengland wurden verschiedene Dörfer eingeschneit, und auf dem Kontinent hatten orkanartige Winterstürme die Küstenlandstriche Deutschlands mit furchtbarer Gewalt heimgesucht.

Am 3. Februar erhielt Manfred einen Anruf. Ferngespräch aus New York. Am anderen Ende der Leitung war Bill Jordan. Die Verbindung war schlecht.

»Die Verbindung ist schlecht!« brüllte Manfred in den Hörer. »Ich kann dich fast nicht verstehen.«

»Das ist nicht die Verbindung, George«, gab Bill Jordan zurück. »Das sind meine Stimmbänder. Es ist hier so kalt, daß sie beim Reden klirren.«

Manfred mußte sich Mühe geben, um den ehemaligen FBI-Agenten verstehen zu können. Manchmal war die Stimme verzerrt. Manchmal klang es, als ob jemand dazwischenreden würde.

»Frank Rizzoli hat eine Flugkarte in der Manteltasche, George! London und zurück. Er ist heute morgen aus Chicago kommend hier in New York eingetroffen. Ich nehme an, daß er die letzte Maschine nimmt und morgen früh in London aufkreuzt. Hast du das verstanden?«

»Wer ist Frank Rizzoli?«

»Der Halbbruder von Art Montana. Ein ganz abgefeimter Schurke, George. Hat sechs Jahre in Sing Sing verbracht. Man sagt ihm verschiedene Morde nach, die er im Auftrag von Nick Carella begangen haben soll. Beweise gibt es nicht genügend, um ihn hochgehen zu lassen. Er wird versuchen, mit dem Mann in Verbindung zu treten, mit dem schon Art Montana Kontakt aufgenommen hat.«

»Und du hast immer noch keine Ahnung, wer das sein könnte?«

»Nichts. Ich habe alles versucht, George. Sorry. Niemand weiß auch nur das geringste. Es scheint, als ob Nick Carella aus dieser Sache ein ganz besonderes Geheimnis gemacht hätte.«

»Dann erzähl mir von Frank Rizzoli.«

»Kleiner Kerl. Unscheinbar. Mit leicht hängenden Schultern und Armen, die dadurch unverhältnismäßig lang erscheinen. Kleidet sich unauffällig, meistens einfach wie ein Arbeiter. Mit Schildmütze. Er ist Kettenraucher. Bevorzugte Marke Lucky Strike. Er arbeitet mit dem Revolver und mit dem Messer. Den Revolver trägt er in einem Schulterhalfter, das Messer irgendwo im Mantel. Niemand weiß, wo. Er wird bei uns auch das ›Wiesel‹ genannt, Franky das Wiesel. Weil er so klein ist und flink in seinen Bewegungen.«

»Ist das alles?«

»Genügt das nicht? He, der Kerl ist gefährlich!«

»Wie gefährlich?«

»So gefährlich, daß ich zum Beispiel bis jetzt noch nie das Verlangen verspürte, ihm ans Leder zu gehen. Man sagt, daß er kein Blut in den Adern hat, George. Und das heißt schon was, verdammt.«

»Gut. Ich werde mich darauf einstellen. Sonst was Neues?«

»Nick Carellas jüngster Sohn hat die Masern.«

»Wie bitte?«

»Ich sagte, Nick Carellas Sohn hat ... He, Manfred, bist du noch dran? Ich hör nichts! Ich ... verflucht noch mal, irgend etwas stimmt nicht mit dem Apparat ...« Es klickte einige Male hintereinander, dann war die Leitung tot. Manfred legte auf.

Leon kam ins Wohnzimmer. Er sah sofort, daß Manfred Neuigkeiten hatte.

»Die *schwarze Hand* schickt einen neuen Mann her«, erklärte Manfred. »Einen Killer, den man das Wiesel nennt.«

»Was hast du vor?«

»Wir hängen uns an seine Fersen und lassen uns nicht mehr abschütteln, bis er mit dem Mann Kontakt aufnimmt, der Art Montana umgelegt hat. Und sobald dies geschieht, schlagen wir zu.«

Manfred griff nach dem Hörer. Er wählte eine Nummer und wurde nach kurzer Zeit mit Inspektor Philander Dearborn verbunden. »Es ist soweit«, sagte er nur. »Das Warten hat sich gelohnt.«

Spaghetti-Jones nahm eine Schachtel Zigaretten vom Tisch und bot Randy eine davon an. Der Junge steckte sie sich zwischen die Lippen und ließ sich Feuer geben.

Er trug keine Bomberjacke mehr, sondern einen dunklen Dreiteiler und einen Seidenschal. Den neuen Mantel hatte er über die Lehne des Stuhles gehängt, und die weißen Lederhandschuhe, von denen er sich nicht mehr trennte, trug er zum Ärger von Spaghetti-Jones sogar im Haus.

Aus dem Gassenjungen Randy Cogburn war während der letzten Wochen ein Kerl geworden, über den sich nicht einmal Jones im klaren war, obwohl er selbst für Randy all das Zeug gekauft hatte; den Anzug, den Mantel, die spitzen Schuhe und die weißen Handschuhe. Nur den Seidenschal hatte sich Randy selbst geklaut, und zwar in einem exklusiven Herrenbekleidungsgeschäft in der Innenstadt.

Randy war ein anderer Mensch, seit sie zusammen den amerikanischen Gangster Art Montana, den man in Chicago immerhin Montana Kid nannte, um die Ecke gebracht hatten. So nannte es der Junge. Dabei hatte er Montana schlichtweg einfach niedergeschossen, als dieser sich von Spaghetti-Jones dazu hatte überreden lassen, zu einer ganz bestimmten Brücke an der Themse zu kommen, wenn er den Leichnam des Jungen sehen wollte.

Dies war jetzt länger als fünf Wochen her. Der Januar war vorbei. Jetzt wollte Jones nicht mehr warten. Er hatte einen Plan, der ihm ein für allemal genug Geld einbringen sollte. Noch wußte niemand von diesem Plan, nicht einmal sein Partner, Randy Cogburn. Bisher hatte Spaghetti-Jones stillgehalten, weil er genug Zeit verstreichen lassen wollte, um sicher zu sein, daß die *schwarze Hand* ihre Finger nicht mehr nach London ausstreckte und Scotland Yard den toten Billy Pyburn vergessen hatte.

Jetzt war es soweit. Deshalb war Randy Cogburn hier, im Hinterzimmer des kleinen Ladens an der High Street.

»Wenn man Art Montana bis heute nicht gefunden hat, so wird man ihn auch während der nächsten Wochen und Monate wahrscheinlich nicht finden«, sagte er, nachdem er Randy Feuer gegeben hatte.

»Der kommt nicht wieder an die Oberfläche, solange der Strick hält«, erwiderte Randy und gähnte gelangweilt. »Ich weiß nicht, warum du dir noch mehr graue Haare wachsen läßt, Spaghetti.«

Jones haßte es, wenn ihn der Junge Spaghetti nannte. Jedesmal hätte er ihm am liebsten eine Ohrfeige verpaßt, was er allerdings nicht tat, weil er den Jungen noch brauchte. Eines Tages aber, so nahm er sich vor, würde er ihm schon noch den gebührenden Respekt einbleuen.

»Ich bin vorsichtig, Randy«, erklärte Jones aus seinen Gedanken heraus. »Es sind noch keine drei Wochen her, da sah ich diesen schlangenäugigen Inspektor von Scotland Yard, wie er in die Blindenwerkstatt ging und mindestens eine halbe Stunde drin blieb. Ich habe den alten Jack gefragt, und der sagte, daß der Inspektor allerhand merkwürdige Fragen gestellt hat.«

»Das sind drei Wochen her«, wandte Randy ein und blies den Rauch zur Decke hoch. »Seither hat sich nichts mehr getan. Ich habe Dearborn im Auge behalten. Und auch die drei vom Silbernen Dreieck. Keiner von ihnen kam auch nur noch in die Nähe von Notting Hill. Einer verreiste sogar nach Spanien, und einer hat eine Freundin oder was.«

»Trotzdem war es sicherer, Geduld zu üben. Es hätte ja gut sein können, daß von drüben einer herkommt. Ich hätte nicht gedacht, daß sich ein Mann wie Carella so leicht einschüchtern läßt.«

»Immerhin haben wir einen seiner besten Leute ausgeschaltet, nicht wahr«, sagte Randy mit einem flachen Lächeln in seinem schmalen Gesicht. »Ich habe mich erkundigt, Spaghetti. Der Mann, dieser Art Montana, war so etwas wie Carellas rechte Hand. Zumindest hatte er das Vertrauen Carellas und auch dessen Respekt.« Das Lächeln verwandelte sich in ein Grinsen. »Carella wird mich mit offenen Armen empfangen, wenn ich eines Tages drüben in Chicago auftauche und ihm zu Ohren kommt, daß ich seinen Mann in London um die Ecke gebracht habe.«

Jones runzelte die Stirn. »Schlag dir das lieber aus dem Kopf, Randy! Drüben hast du nichts verloren, verstehst du. Drüben bist du nichts als ein kleiner windiger Grünschnabel, den die Freunde von Art Montana ohne mit der Wimper zu zucken über die Klinge springen lassen würden.«

»Was verstehst du denn? Du weißt von nichts.« Randy nahm einen Zug von der Zigarette und sog den Rauch tief ein. Es schien, als blickte er durch die Wände hindurch in die weite Ferne. »Amerika, das ist das Land der unbegrenzten Möglichkeiten, und dort will ich hin. Und ich werde einer von den ganz großen sein, wie Al Capone oder vielleicht noch größer.«

Jetzt lächelte Spaghetti-Jones. »Zuerst hilfst du mir aber, meinen Plan durchzuführen, nicht wahr?«

»Wenn es ein guter Plan ist, der mir was einbringt, sicher.«

»Es ist ein guter Plan.«

»Mord?«

»Erpressung.«

»Wer?«

»Das sage ich dir noch nicht.«

Randy kniff die Augen zusammen. Langsam nahm er die Zigarette aus dem Mund. »Du sagst es mir besser, Spaghetti.«

Jones bemerkte, wie sich die Augen des Jungen veränderten. Langsam beugte sich Randy vor und drückte die Zigarette demonstrativ auf der Tischplatte aus. »Du weißt, daß ich dich in der Hand habe, verdammt. Das weißt du!«

»Du hast mich nicht in der Hand, Randy. *Du* hast Art Montana umgebracht, nicht ich.«

»Wem würde man glauben? Einem unbescholtenen Jungen oder einem alten Ganoven wie dir, der bis jetzt nur deswegen nicht hinter Schloß und Riegel sitzt, weil es nicht genügend Beweise gegen ihn gibt.«

»Du bist eine unverschämte Kröte, Randy!«

Randy lachte auf. »Was hast du denn erwartet? Ich bin schlau, Spaghetti. Schlauer als du. Du hast einen Plan, aber du brauchst mich, damit du ihn durchführen kannst. Mach dir nichts vor, mein Freund. Ich bin dein Schicksal.«

»Du bist verrückt.«

Randy grinste so breit, daß seine Mundwinkel beinahe die Ohrläppchen berührten. Es machte ihm Spaß zu sehen, wie Schweiß auf die Stirn von Spaghetti-Jones trat. Es machte ihm Spaß, ihn ein bißchen zu quälen. »Wer ist es?« wiederholte er seine Frage.

Jones wischte sich mit dem Handrücken über seine Stirn. Dann winkte er ab. »Bilde dir nur nicht ein, daß du mich einschüchtern kannst, Randy. Ich sage dir, wer es ist, aber das tu ich freiwillig, hörst du. Das tu ich, weil wir Partner sind.«

Randy erwiderte nichts darauf. Er sah Jones nur an.

»Es ist eine richtige Gräfin«, verkündete Spaghetti-Jones stolz.

Randy gähnte erneut.

»Respekt, mein Junge. Denk daran, daß du aus der Gosse kommst. Einer, der aus der Gosse kommt, hat selten Gelegenheit, Geschäfte mit einer richtigen Gräfin zu machen.«

»Du solltest mich nicht immer wieder daran erinnern, Spaghetti«, sagte der Junge, und das Grinsen war plötzlich aus seinem Gesicht gewichen. »Wirklich, Spaghetti, es könnte dir eines schönen Tages leid tun, wenn du mich immer wieder daran erinnerst.«

»Du solltest nur nicht vergessen, wer dir rausgeholfen hat, Junge.«

»Das vergesse ich nie.«

»Dann ist ja alles gut.« Jetzt lächelte Jones. »Komm, gib mir deine Hand. Wir sind Freunde, Junge. Und wir sind Partner.«

Er streckte die Hand aus. Randy zögerte. Dann begann er langsam die Handschuhe von seiner rechten Hand zu schälen. Er wich dabei dem Blick von Jones nicht aus. Als die Hand frei war, hielt er sie hoch, und Jones bemerkte das schwarze Kreuz auf dem Handrücken.

Er fuhr zurück. »Was ... was in Dreiteufelsnamen soll das?« stieß er hervor.

Randy hob die Hand ins Licht. »Ich habe mich tätowiert«, sagte er ruhig.

»Das ist – das Zeichen der *schwarzen Hand.*«

»Ja.«

»Verdammt! Du bist doch kein Mitglied der *schwarzen Hand,* Randy!«

»Noch nicht«, gab Randy zu. »Aber ich werde später rüberfliegen, nach New York und Chicago. Ich dachte, es ist besser, wenn ich dann schon das Zeichen drauf habe, verstehst du.«

Spaghetti-Jones schüttelte den Kopf. Für einen Moment fehlten ihm die Worte, um Randy Cogburn zu sagen, daß er ihn für einen Vollidioten hielt. Er starrte nur verständnislos auf die tätowierte Hand nieder.

Und der Junge begann wieder zu grinsen. »Reg dich nur nicht auf, Spaghetti. Ich trag immer Handschuhe, verstehst du.«

Jones nickte zögernd. »Ja«, schnaufte er. »Verstehe, Randy. Du trägst besser immer Handschuhe. Hast du dir sonst noch etwas angetan, von dem ich keine Ahnung habe?«

»Nein. Sag mir lieber, wer die Gräfin ist.«

Spaghetti-Jones drehte ihm den Rücken zu und fuhr sich mit gespreizten Fingern durchs Haar. »Junge, ich verlasse mich auf dich«, sagte er, ohne sich nach Randy umzusehen. »Mach nur keinen Blödsinn mehr, hörst du.«

»Gut. Okay. Beruhige dich lieber, Spaghetti.«

Jones drehte sich langsam um. Er faßte den Jungen scharf ins Auge. Randy Cogburn trug jetzt wieder beide Handschuhe. »Die Gräfin Vinci. Bestimmt hast du schon von ihr gehört.«

»Nie im Leben«, grinste Randy. »Denk daran, wo ich herkomme, da hört man nichts von solchen Leuten.«

Die Maschine aus New York landete mit zehnminütiger Verspätung. Franky Rizzoli war erste Klasse geflogen, zusammen mit einem Dutzend anderer Passagiere, die auf dem langen Atlantikflug nicht auf Bequemlichkeit und Komfort verzichten wollten.

Rizzoli hatte sich mit niemandem unterhalten, nicht einmal mit der hübschen und äußerst hilfsbereiten Stewardeß, die höchstwahrscheinlich italienischer Abstammung war. Rizzoli war kein Mann, der gern redete. Leute, die redeten, behagten ihm nicht. Leute, die redeten, gaben sich zu viele Blößen. Er hatte es oft erlebt. Leute, die viel redeten, starben plötzlich. Er hielt nicht viel vom Sterben. Wer früher stirbt, ist länger tot. Das war einer seiner Leitsätze fürs Leben. Sein Halbbruder Art Montana redete zum Beispiel mehr als er. Und deshalb rechnete er eigentlich gar nicht damit, daß Art noch am Leben war.

Die Stewardeß wünschte ihm beim Aussteigen einen angenehmen Aufenthalt in London.

Franky Rizzoli bedankte sich nicht einmal.

Sobald er aus dem Flugzeug kam, wurde er wachsam. Er hatte nur eine kleine Reisetasche bei sich, mit einigen wenigen persönlichen Dingen, darunter einen Smith & Wesson-Trommelrevolver plus Schalldämpfer und fünfzig Schuß Munition, sorgfältig versteckt. Der Revolver war nicht seine einzige Waffe. Im Koffer hatte er eine zerlegte amerikanische Tommy-Gun und drei Handgranaten. Am Körper trug er einen Dolch mit feststehender Sechszollklinge und eine automatische Pistole mit einem vollen Magazin. Der Koffer und seine Handtasche waren speziell für den Transport von Schußwaffen eingerichtet; auch bei einer gründlichen Untersuchung durch einen Zollbeamten. Franky Rizzoli machte sich also keine Sorgen, als er den Koffer in der Gepäckausgabe in Empfang nahm und auf den Zollschalter zuging. Paßkontrolle. Der Beamte war freundlich. Franky Rizzolis Paß lautete auf den Namen James Chambers. Guter alter englischer Name. Dr. phil. James Chambers, Professor für englische Geschichte an der Universität von Berkeley, Kalifornien und Gastdozent in Oxford.

»Willkommen in London, Professor«, sagte der Beamte. »Ich wünsche Ihnen einen angenehmen Aufenthalt.«

»Ganz meinerseits«, gab Franky Rizzoli so zerstreut wie möglich zurück. Er nahm den Hut von seinem zerzausten Haar und winkte einer Gruppe von wartenden Menschen zu, die hinter einer Barriere standen. »Äußerst zuvorkommend, mich abholen zu lassen, nicht wahr?«

»Freunde von Ihnen, Sir?«

»Aus Oxford«, erwiderte Rizzoli, ohne den Beamten anzusehen.

»Elizabeth!« rief er, während er hastig seine Papiere wegsteckte und nach seinem Gepäck griff. Der Beamte schaute kopfschüttelnd hinter dem seltsamen Kauz her, bevor er sich an den nächsten Einreisenden wandte.

Franky Rizzoli kannte natürlich niemand unter den Menschen, die alle hergekommen waren, um irgendwelche Bekannte und Verwandte abzuholen. Er drängte sich durch die Menge und ging in die große Halle. Dort, in der Nähe eines Zigarettenautomaten, blieb er erst einmal stehen. Er tat so, als wollte er Zigaretten aus dem Automaten ziehen. Während er in seinem Geldbeutel nach Münzen suchte, sah er sich verstohlen nach allen Seiten um. Es war niemand in seiner Nähe, der sich für ihn interessiert hätte. Die meisten Leute waren in Eile. Einige wenige standen herum, so als wüßten sie nicht wohin. Ein Mann kam geradewegs auf ihn zu. Er wollte zum Automaten.

»Darf ich mal ran?« bat er, und Franky Rizzoli trat zur Seite.

Bei einer Telefonkabine stand ein Mann, der in einer Zeitung blätterte. Der Mann trug einen Hut und einen Trenchcoat. Für eine Weile beobachtete ihn Rizzoli unauffällig. Der Mann blickte einmal kurz herüber, dann drehte er sich um und ging in die Bar, wo er sich an die Theke stellte.

»Feuer?« fragte der Mann, der eine Schachtel Players herausgezogen hatte.

»Ich rauche nicht«, sagte Franky Rizzoli.

Der Mann sah ihn kurz verständnislos an, dann hob er die Schultern und ging davon. Franky Rizzoli tat den Geldbeutel weg, nahm den Koffer auf und ging auf den Ausgang zu.

Draußen im grauen Nieselregen standen mehrere Taxis mit angelaufenen Scheiben, hinter denen man die Gesichter der Fahrer kaum erkennen konnte.

Frank Rizzoli ging ohne Umschweife auf das erste Taxi zu. Ein dunkelhäutiger Fahrer, vermutlich ein Inder, öffnete ihm den Kofferraum. Als Franky Rizzoli einstieg, fiel ihm ein junger Mann auf, der unschlüssig war, ob er im Regen stehen bleiben, in die Flughafenhalle zurücklaufen oder eines der wartenden Taxis nehmen sollte. Eigentlich sah Rizzoli den Mann nicht genau. Der Blick aus seinen wachsamen Augen streifte ihn nur für den Bruchteil einer Sekunde. Der junge Mann trug einen marineblauen Regenmantel. Er war einer der wenigen Menschen hier, die keinen Hut auf dem Kopf hatten. Aber was Franky Rizzoli in diesem Augenblick besonders auffiel, war die Bewegung, mit der der Mann sich von ihm wegdrehte, ohne daß es dafür einen Grund gab.

Ein Lächeln umspielte den schmalen Mund Rizzolis, als er das Taxi bestieg. Er wußte nun, daß er unter Beobachtung stand. War der junge Mann ein Beamter von Scotland Yard? Oder ein Gangster der Londoner Unterwelt? Franky Rizzoli hatte keine Ahnung, aber er zweifelte nicht daran, daß er früher oder später die Bekanntschaft des Mannes machen würde.

Peter Roos hatte darauf bestanden, Rizzoli auf dem Flughafen persönlich abzufangen und ihm unauffällig zu folgen, wohin er auch immer gehen würde. Es war nicht das erstemal, daß Dearborn seinem direkten Untergebenen, dem Kriminalunterkommissar, einen gefährlichen Auftrag überließ, bei dem dieser auf sich allein gestellt war. Peter Roos gehörte zu den zuverlässigsten und intelligentesten Detektiven des Yard, ein junger Mann, der noch nichts von seiner dynamischen Art eingebüßt hatte, obwohl er bereits auf eine ereignisreiche Laufbahn zurückblicken konnte. Gern ließ ihn Dearborn in diesem Fall nicht allein. Nur weil ihm Manfred vom Silbernen Dreieck dringend riet, keinen großen Aufwand zu machen, da Franky Rizzoli dadurch nur hätte gewarnt werden können, ließ er den jungen Kriminalbeamten in seinem Privatwagen zum Flughafen hinausfahren. Er gebot ihm jedoch, sich sofort telefonisch zu melden, wenn Franky Rizzoli eine Herberge aufgesucht oder einen anderen Bestimmungsort erreicht hatte.

Eigentlich nahm Peter Roos an, daß Franky Rizzoli per Taxi nach Notting Hill fahren würde, und zuerst sah es auch ganz danach aus. Peter Roos vermochte dem Taxi mühelos zu folgen. Es herrschte nur wenig Verkehr an diesem regnerischen und kalten Morgen. Die Autos fuhren langsam. Nur die doppelstöckigen Busse waren vollgestopft mit Passagieren, die es vorgezogen hatten, sich einem öffentlichen Verkehrsmittel anzuvertrauen, um zu ihrem Arbeitsplatz zu gelangen.

Das Taxi, das sich Franky Rizzoli genommen hatte, fuhr kreuz und quer. Einmal hielt es lange vor dem Gloucaster Hotel in Kensington. Peter Roos wartete vergeblich darauf, daß Rizzoli aussteigen würde. Fast eine halbe Stunde verstrich; dann fuhr das Taxi zur Cromwell Road hoch, schwenkte in die zur Innenstadt führende Fahrbahn ein und hielt erst wieder am Hyde Park Corner. Dort, vor der Treppe, die zum Rundbogenportal des Apsley House hochführte, hielt das Taxi erneut an. Zur Überraschung von Roos stieg Franky Rizzoli diesmal aus, bezahlte den Fahrpreis und ließ sich das Gepäck geben. Dann ging er über den Platz auf das Apsley House zu, in dem das Wellington-Museum untergebracht war.

Peter Roos fuhr seinen Wagen auf den Parkplatz des St. George's Hospitals, das sich schräg gegenüber dem Museum befand. Er ließ den Motor laufen, so daß die Scheibenwischer ihren Dienst versehen konnten. Durch die Windschutzscheibe beobachtete er, wie Franky Rizzoli auf der Treppe unter einem Bogen stehenblieb. Er warf einen Blick auf seine Armbanduhr, als erwartete er jemanden.

Zehn Minuten verstrichen. Schließlich drehte sich Rizzoli um und ging zum Haupteingang. Er löste eine Eintrittskarte und verschwand im Museum. Peter Roos wußte, daß dieses mächtige Haus nur einen Ein- und Ausgang hatte, der von Besuchern benutzt werden durfte. Alle anderen Tore und Türen waren sicher verriegelt und wurden von Wächtern unauffällig im Auge behalten.

Das Wellington-Museum war angefüllt mit Kunstschätzen aus aller Welt, alle von unersetzlichem Wert. Peter Roos war felsenfest davon überzeugt, daß sich Rizzoli hier mit einer Kontaktperson treffen wollte. Er überlegte, was er tun sollte, und entschied sich dafür, Dearborn zu informieren. Er verließ sein Auto, betrat die Ambulanzstation und gab sich als Scotland-Yard-Beamter zu erkennen. Man ließ ihn das Telefon benutzen. Im Yard meldete sich ein Mädchen vom Amt, das ihn mit seinem Vorgesetzten zu verbinden versuchte.

»Der Inspektor scheint außer Haus zu sein«, gab man ihm nach fast fünf Minuten bekannt.

»Dann hinterlassen Sie ihm folgende Nachricht: Franky ist zum Wellington-Museum gefahren. Könnte sein, daß er sich dort mit jemandem trifft. Ich hänge an ihm wie eine Klette.«

Peter Roos beeilte sich, aus der Ambulanzstation über die Straße zu kommen. Im grauen Regen sah das große Gebäude mit den mächtigen Säulen irgendwie drohend aus. Roos war noch nie hier gewesen. Trotzdem wußte er, daß das Museum eine der wertvollsten Porzellansammlungen enthielt, mit einmaligen Stücken aus Meißen, Sèvres und Wien-Augarten. Das dürre Männchen am Schalter gab ihm einen Führer durchs Museum, in dem die Geschichte des Hauses ebenso beschrieben war wie die verschiedenen Kunstausstellungen.

Es war an diesem Morgen niemand in der mächtigen Korinthischen Säulenhalle, die 1829 von Benjamin Wyatt erbaut worden war. Die Glaskästen mit den Kunstgegenständen waren hell erleuchtet. In den Gängen allerdings herrschte ein düsteres Zwielicht.

Peter Roos knöpfte seinen Mantel auf, obwohl es keineswegs warm war.

Er ging langsam den Mittelgang entlang, blieb ab und zu stehen und las in seinem Führer.

Das Gebäude war lange Zeit die Residenz des berühmten Herzogs von Wellington (1769–1852) gewesen. 1947 wurde es vom 7. Herzog der Nation geschenkt und danach der Öffentlichkeit als Wellington-Museum zur Verfügung gestellt. Das Haus war in den siebziger Jahren des 18. Jahrhunderts von den Brüdern Adam gebaut worden. Erst später wurde es von Wyatt umgebaut und mit dem Westflügel versehen, in dem sich die große Waterloo-Galerie befand, eine Ausstellung mit wertvollen Geschenken von Zar Nikolaus I. von Rußland und anderen gekrönten Häuptern. Außerdem waren dort Gemälde von Rubens, Murillo, Ribera, Guercino und Sassoferrato ausgestellt. Eines der herausstechendsten Werke war ein Ölgemälde von Goya, das Wellington hoch zu Roß zeigte.

Peter Roos wünschte, er hätte sich Zeit nehmen können, um alles genau zu betrachten. Im Gegensatz zu Dearborn liebte er Geschichte mit all ihren Abenteuern und unvergessenen Helden, zu denen zweifellos auch Wellington, der »Eiserne Herzog«, gehörte. Zahlreiche persönliche Gegenstände von ihm machten den Hauptteil des Museums aus, ein Raum voller Uniformen, Rüstungen und Waffen, die an den »Iron Duke« erinnerten.

Während Peter Roos durch die Räume ging, vergaß er beinahe, weshalb er hergekommen war.

Erst nach langem Herumschlendern entdeckte er Franky Rizzoli, der eines der Rubens-Gemälde bestaunte, die Wellington im Jahre 1813 nach der Schlacht von Victoria in Nordspanien Joseph Bonaparte abgenommen hatte. Peter Roos ging so dicht an Rizzoli vorbei, daß er den Geruch von einem amerikanischen Parfüm wahrnehmen konnte, der in seinem Mantel hing.

Peter Roos blieb vor einem Ölgemälde stehen, das eine Schlacht darstellte, mit Soldaten im direkten Sturm auf eine Festung, aus der eine Reiterschar einen Ausfall unternahm.

Auf den Hügeln wartete die Reiterei der Angreifer auf den Einsatzbefehl ihres weißgekleideten Offiziers. Bunte Wappenstandarten flogen im Wind, und man konnte den Schlachtenlärm fast hören, wenn man seine Phantasie etwas gehen ließ.

»Hervorragendes Gemälde, nicht wahr«, sagte plötzlich eine Stimme neben Peter Roos. Ein Wächter tauchte aus dem Schatten einer Nische auf. »Der Mann auf dem weißen Pferd soll der ›Eiserne Herzog‹ sein. Ich habe allerdings nie von ihm eine Rüstung mit einem schwarzen Kreuz auf der Brust gesehen. Sehen Sie, dort drüben sind zwei Handschuhe mit einem schwarzen Kreuz drauf. Aber auf der Brust, da hatte er nie eines.«

Peter Roos blickte in die Richtung, in die der Wächter zeigte. In einem Glasschrank waren mehrere persönliche Gegenstände Wellingtons untergebracht, unter anderem auch ein Paar schuppengepanzerte Handschuhe, die tatsächlich mit schwarzen Kreuzen versehen waren.

Der Wächter ließ es sich nicht nehmen, Peter Roos über die Gegenstände im Glasschrank aufzuklären. Währenddessen verließ Franky Rizzoli den Raum, und Peter Roos sah ihn erst wieder im Vestibül, wo er eine Marmorstatue von Napoleon betrachtete, die Canova geschaffen hatte.

Er lächelte flüchtig, als Peter Roos neben ihn trat, drehte sich um und ging davon.

Hatte er Verdacht geschöpft?

Peter Roos stand eine Weile vor der Statue, ohne sich zu rühren. Das Lächeln hatte zweifellos ihm gegolten. Wußte Rizzoli, wer er war? Wußte er, daß man ihn verfolgte, seit er das Flugzeug verlassen hatte?

Peter Roos fühlte sich verunsichert. Vielleicht hätte er doch lieber draußen bleiben sollen, drüben auf dem Parkplatz des Hospitals. Aber jetzt war es zu spät. Er drehte sich um und folgte Rizzoli, der inzwischen sein Gepäck geholt und das Museum verlassen hatte.

Draußen regnete es nicht mehr.

Rizzoli winkte ein Taxi heran, lud seinen Koffer ein und blickte noch einmal zum Portal des Museums hoch. Peter Roos verschwand blitzschnell hinter einer Säule. Jetzt war er sicher, daß Rizzoli ihn als seinen Verfolger erkannt hatte.

6. Kapitel
Die Falle

Es geschah in einer dunklen, schmutzigen Gasse von Kensington. Franky Rizzoli war in einer kleinen Herberge an der Eldon Road abgestiegen. Vergeblich hatte Peter Roos versucht, Dearborn telefonisch zu erreichen. Es war schon sechs Uhr am Abend. Stockdunkel. Feucht und neblig.

Kurz nach sechs kam Franky Rizzoli aus der Herberge. Ohne Koffer. Auch ohne Reisetasche.

Er sah sich kurz in alle Richtungen um, dann ging er die Straße hoch, ziemlich eilig und so, als hätte er ein ganz bestimmtes Ziel. Peter Roos folgte ihm in einigem Abstand, nicht so nahe, daß ihn Rizzoli plötzlich entdeckt hätte, aber auch nicht so weit entfernt, daß er ihn leicht aus den Augen hätte verlieren können. An der nächsten Straßenecke befand sich eine alte Kirche. Ein Zaun aus Eisenstäben, die mit Spitzen versehen waren, zog sich die Gasse entlang. Die Kirchenfenster waren dunkel. Hinter dem Zaun wucherten alte Lebensbäume, die schon lange nicht mehr gestutzt worden waren. Eine Straßenlaterne beleuchtete den Platz vor der Kirche.

Als Peter Roos den Platz erreichte, war Franky Rizzoli nicht mehr zu sehen. Er konnte unmöglich die Straße überquert haben. Er konnte auch nicht in die Kirche gegangen sein, denn zu dieser Zeit war das Portal bestimmt abgeschlossen.

Peter Roos hielt an. Er sah sich nach allen Seiten um. Da fiel ihm eine Lücke im Zaun auf, genau zwischen zwei Lebensbäumen, die in der Finsternis aussahen wie verkrüppelte Fabelwesen, Wächter am Eingang zur Hölle.

Peter Roos fröstelte plötzlich. Vorsichtshalber griff er nach seiner Dienstwaffe. Wahrscheinlich hätte ihm später niemand einen Vorwurf gemacht, wenn er sich entschlossen hätte, die nächste Telefonkabine aufzusuchen und den Yard anzurufen. Aber Peter Roos entschied sich anders. Langsam ging er auf die Lücke im Zaun zu. Seine Finger umklammerten den Griff der Pistole. Ganz langsam zog er sie aus der Manteltasche.

Die Lücke im Zaun war ein schmales Tor, das sich überhaupt nicht vom Zaun unterschied und halb geöffnet war. Vor Peter Roos tat sich ein Weg auf, der zwischen den Lebensbäumen hindurchführte, offenbar zu einem kleinen Anbau, der vielleicht die Sakristei enthielt.

Roos blieb kurz beim Zaun stehen. Kein Geräusch war zu hören. London schien in diesem Moment den Atem anzuhalten. Mit dem Ellbogen stieß er das Tor noch ein Stück weiter auf. Es quietschte gräßlich. Fast klang es wie der ächzende Schrei eines Tieres. Peter Roos gab sich einen Ruck. Er machte zwei Schritte. Dann mußte er sich ein wenig ducken, um unter tiefhängendem Geäst durchzukommen. In dem Moment, als er sich wieder aufrichten wollte, sah er den Schatten vor sich, nicht mehr als eine Bewegung, die sich aus der Finsternis löste.

»Halt, Polizei!« hörte sich Peter Roos rufen. Er hob seine Waffe, aber es war zu spät. Viel mehr als ein gedämpfter Knall drang nicht an seine Ohren. Als hätte jemand mit dem stumpfen Ende einer Axt auf ein Stück Holz geschlagen. Grelles Licht blendete ihn, schmerzte in seinen Augen. Roos wollte seine Pistole abdrücken, aber seine Glieder waren plötzlich starr. Er merkte nicht, wie er rückwärts taumelte und hart gegen die Eisenstäbe des Zaunes stieß. Furchtbare Schmerzen durchzuckten ihn, und die Finsternis um ihn herum verwandelte sich vor seinen Augen in eine Feuersbrunst. Der peitschende Knall eines Schusses drang tief in sein schwächer werdendes Bewußtsein vor, während er ohnmächtig in die Knie sank.

Irgendwann erwachte er. Rotes Polizeilicht huschte in kurzen Abständen durch die Nacht.

Erst erkannte Peter Roos den Mann nicht, der sich zu ihm herunterbeugte. Erst als sich der Mund zu einem schiefen Grinsen verzog, wußte er, daß er dem Tod noch einmal von der Schippe gesprungen sein mußte.

»Manfred«, keuchte er leise. »Was ... was tun Sie hier?«

»Ich habe aufgepaßt, daß Ihnen nichts passiert, Peter«, gab ihm Manfred zur Antwort.

Peter Roos spürte dumpfe Schmerzen in seiner Brust. »Hervorragende Arbeit«, sagte er mühsam. »Wo hat es mich erwischt?«

»Durchschuß. Hier.« Manfred tippte gegen die rechte Brustseite seines Mantels. »Glück gehabt. Der Notfallarzt, der Ihnen die Spritze verpaßt hat, meint, daß die Lunge unverletzt geblieben ist.«

»Es war Rizzoli, nicht wahr?«

»Ja. Mit dem Schalldämpfer. Das hat man auf der Straße schon fast nicht mehr gehört. Plötzlich flogen Sie gegen den Zaun, und als Sie zusammensackten, hatte ich freie Schußbahn. Leider habe ich ihn zu gut getroffen. Da drüben liegt er.«

George Manfred half Peter Roos, den Kopf etwas anzuheben. Zehn Schritte entfernt, auf dem schmalen Pfad, der zum Anbau führte, lag eine Gestalt, die mit einem Tuch zugedeckt war. Von der Straße eilten Leute von der Ambulanz herbei, die eine Bahre trugen. Der Klang von Polizeisirenen wurde lauter. Ein Suchscheinwerfer blendete Peter Roos, und er schloß die Augen. Die Leute von der Ambulanz hoben ihn sachte vom Boden auf.

»Ich wußte gar nicht, daß ich einen Schutzengel hatte«, sagte Roos leise.

»Es war die Idee von Snake-Eye«, erwiderte George Manfred. »Er rief uns heute morgen an, und ich fuhr zum Aspley House. Danach ließ ich Sie nicht mehr aus den Augen. Das heißt, im letzten Moment wäre ich doch fast zu spät gekommen. Rizzoli hätte Sie mit dem nächsten Schuß getötet.«

Auf der Straße hielt der Dienstwagen von Inspektor Dearborn. Peter Roos lag bereits auf der Bahre, als sein Vorgesetzter über den Kirchenvorplatz eilte.

»Moment mal!« rief er und trat den Leuten von der Ambulanz in den Weg. »Machen Sie mir nur nicht schlapp, Roos.« Er beugte sich über den Verletzten. »Wie fühlen Sie sich?«

»Saumäßig«, sagte Peter Roos mühsam.

Dearborn richtete sich auf und nickte. »Genau so sehen Sie auch aus, zum Teufel!« Er drückte flüchtig die Hand seines Untergebenen, bevor dieser in den Ambulanzwagen geschoben wurde.

Dearborn wandte sich an George Manfred. »Habe ich nicht gesagt, daß Sie ihn nicht aus den Augen lassen sollen, nicht einmal für eine Sekunde«, schnaufte er. »Er könnte tot sein. Ich frage mich nur, wie wir das alles den Presseleuten erklären sollen, ganz abgesehen davon, daß ich meinen Vorgesetzten Rechenschaft schuldig bin. Ich brauche Ihnen wohl nicht zu sagen, daß meine Karriere nur noch an einem dünnen Faden hängt, Manfred.«

»Solange Sie den Faden in der Hand halten, kann ja nicht viel passieren«, versuchte George Manfred den Inspektor zu trösten. »Rizzoli war nicht von schlechten Eltern, Dearborn. Eigentlich hat Peter ganz gute Arbeit geleistet, obwohl ihn Rizzoli längst erkannt hatte. Als er seine Herberge verließ und einfach die Straße hinuntereilte, wußte ich, daß er sich dazu entschieden hatte, seinen Verfolger loszuwerden. Ich war den beiden dicht auf den Fersen, und trotzdem kam ich beinahe zu spät. Rizzoli lockte ihn in diese Falle hier, und als Peter einmal drin war, zögerte er nicht einmal eine Sekunde, ihn umzubringen.«

»Amerikanische Gangstermanieren«, knurrte Dearborn angewidert. »Wo ist er?«

»Dort drüben.«

Sie gingen beide hinüber, und Dearborn hob das Tuch an. Noch im Tod war Franky Rizzolis Gesicht zu einer Fratze verzerrt. In seinem Mundwinkel war ein dünnes Rinnsal von Blut eingetrocknet.

»War er sofort tot?« fragte Dearborn, und er blickte George Manfred prüfend von der Seite an.

»Nicht sofort. Es dauerte eine Weile.«

»Und?«

»Was und?«

»Haben Sie ihm Fragen stellen können?«

Manfred lächelte.

»Wer ist der Mann, mit dem er sich in Verbindung setzen wollte?« fragte Dearborn hart. »Manfred, ich möchte Sie nicht darauf hinweisen müssen, daß wir eine Abmachung getroffen haben.«

George Manfred erhob sich und blickte hinter dem Ambulanzwagen her, der mit Rotlicht die Straße hinunterfuhr. »Schon einmal von einem Mann gehört, der sich Spaghetti-Jones nennt?« fragte er.

Dearborn fuhr hoch. Ungläubig starrte er Manfred an. »Spaghetti-Jones? Der kleine Gauner, der in der High Street von Notting Hill einen Laden hat?«

»So genau kenne ich ihn nicht«, sagte George Manfred. »Aber das war der Name, den Rizzoli genannt hat, bevor er sein Lebenslicht aushauchte.«

7. Kapitel
Die schöne Gräfin

Da Poiccart sich entschieden geweigert hatte, Abendessen zu machen, dinierten Leon Gonsalez und George Manfred im Green-Park-Hotel, das sich nicht weit von ihrem kleinen Haus in der Curzon Street entfernt befand.

Nach dem Essen, als Leon eine Zigarre rauchte und die meisten Gäste zum Tanzsaal gingen, kam überraschend Inspektor Dearborn durch die Glastür und wehrte einen Kellner ab, der ihn zu einem Tisch geleiten wollte. Statt dessen stürmte er ohne Umschweife quer durch den Eßsaal zu einer Fensternische, als wollte er durch die Scheibe ins Freie springen.

»Da seid ihr ja!« stieß er hervor und nahm unaufgefordert am Tisch Platz. »Kein Mensch wußte, wo man euch antreffen kann. Die Tripplestick sagte, daß bei euch anscheinend der Haussegen schief hängt, weil Poiccart es satt hat, den Laden zu schmeißen. Wahrscheinlich könnte ich euch im Mayfair antreffen oder hier. Ich war zuerst im Mayfair.«

»Unsere Nachbarin scheint über uns ziemlich genau Bescheid zu wissen, nicht wahr«, lächelte Leon Gonsalez. »Was verschafft uns die Ehre Ihres Besuches, Verehrtester?«

So nervös und aufgeregt wie an diesem Abend hatten sie Dearborn noch nie gesehen. Er knöpfte seinen Mantel auf, fummelte in der Innentasche seiner Jacke herum und brachte einen Briefumschlag zum Vorschein. Er öffnete ihn hastig und zog einen Brief heraus, den er auseinanderfaltete und auf den Tisch legte. »Hier«, sagte er, »was sagt ihr dazu?«

»Ein Drohbrief«, stellte Gonsalez sachlich fest. »Was mir sofort auffällt, ist das kleine schwarze Kreuz anstelle der Unterschrift, Verehrtester. Außerdem hat sich der Schreiber offenbar alle Mühe gegeben, ein kleines Kunstwerk zu schaffen.«

Der Brief war in einer wunderbar feinen Schrift geschrieben; jeder Buchstabe so gleichmäßig und gestochen scharf, als wäre er gedruckt.

»Saubere Arbeit«, konstatierte Manfred und nahm den Brief auf. Er betrachtete ihn aus der Nähe und nickte anerkennend. »Wir haben es hier offenbar mit einem Künstler zu tun.«

»Der Mann, der diese Zeilen zu Papier gebracht hat, war vielleicht in jungen Jahren Schriftzeichner«, erklärte Dearborn bedeutungsvoll. Er blickte dabei besonders Leon so herausfordernd an, daß diesem beinahe der Kragen eng wurde.

»Sollen wir raten?« fragte er.

»Sie kommen nie drauf!« lächelte Dearborn.

Leon hob die Brauen.

»Jones«, sagte er dann so bestimmt, als hätte er den Fall längst aufgeklärt. »Wie nennt man ihn doch? Spaghetti-Jones?«

Dearborn seufzte. »Sie wissen jedoch nicht, an wen dieser Brief geschickt worden ist«, sagte er und legte den Umschlag mit der Rückseite nach oben auf den Tisch. Weder Leon noch George Manfred machten Anstalten, danach zu greifen.

»Oh, ja, dieser Spaghetti-Jones ist uns kein Unbekannter«, fuhr Dearborn fort. »Die Abteilung von Inspektor Harrison beschäftigt sich seit langer Zeit mit ihm. Obgleich Harrison genau weiß, daß er sich an verschiedenen, recht bösen Verbrechen beteiligt hat, gelang es uns nie, ihm etwas nachzuweisen. Er ist unheimlich schlau, obwohl ihm jede Bildung fehlt. Kaltblütig und rücksichtslos übt er die Herrschaft über seinen kleinen Kreis aus, der aus einigen mehr oder weniger engen Freunden besteht, die ihm zu Diensten sind. Es ist uns auch noch nie gelungen, irgendwelche Zeugen gegen ihn aufzutreiben, und er ist selbstverständlich nie auf frischer Tat ertappt worden.«

Inspektor Dearborn griff in die Manteltasche und brachte ein kleines Fläschchen zum Vorschein. Ohne Scheu öffnete er es, saugte mit der Pipette ein bißchen vom Inhalt auf und träufelte sich ein paar Tropfen davon ins linke Nasenloch. Die Wirkung war verheerend. Sein Gesicht rötete sich, als wollte der Inspektor im nächsten Moment explodieren. Tränen quollen unter seinen Lidern hervor, als er die Nase mit dem Handrücken rieb, und ein Kellner, der in der Nähe stand, wollte ihm schon zu Hilfe eilen. Aber schließlich atmete er tief und befreit auf.

»Ist Ihnen die Gräfin Vinci bekannt?« fragte er lauernd.

»Hat sie den Brief gekriegt?«

Dearborn runzelte die Stirn. »Wenn einer hier Fragen stellt, dann bin ich das.«

Zu Leons größtem Erstaunen gab Manfred zu erkennen, daß er ein Bekannter der Gräfin war. »Ich habe sie vor ungefähr drei Jahren in Rom getroffen. Das war kurz nachdem ihr Gatte, der Graf Antonio Vinci, ums Leben gekommen war.«

»Ja, sie ist eine Witwe und hat einen kleinen Sohn von neun Jahren«, erklärte Dearborn. »Sie wohnt am Berkley Square. Eine sehr reiche Dame und außerordentlich liebenswürdig. Etwa vor drei Wochen erhielt sie den ersten Brief, der anstelle einer Unterschrift ein schwarzes Kreuz trug. Andere Schreiben folgten. Sie waren alle in der gleichen kunstvollen Schrift geschrieben.«

»Spaghetti-Jones, der ehemalige Schriftenmaler.« Leon lächelte. »Hat er seinen Laden vielleicht in der Nähe der alten Bauruine, in der wir den ersten Toten gefunden haben?«

»Erraten, Gonsalez. Keine fünfhundert Meter sind es von der High Street, wo er den Laden hat, dorthin. Um aber auf den Brief zurückzukommen; es ist natürlich ganz unmöglich, eine derartige Schrift zu identifizieren. Somit handelt es sich hier um eine einmalige und besonders geniale Methode, anonym zu bleiben.«

»In diesen Briefen wurde doch sicher Geld verlangt?« fragte Manfred.

»Natürlich wollen die Leute Geld haben und bedrohen die Gräfin, falls sie das Geld nicht an die angegebene Adresse senden würde. Und hier zeigt sich die maßlose Frechheit von Jones und Komplizen. Jones betreibt nämlich in aller Öffentlichkeit das Geschäft eines Nachrichtenagenten. In seinem Laden verkauft er zwar auch Morgen- und Abendzeitungen sowie Tabakwaren und anderen Kram, aber außerdem betreibt er einen Informationsdienst für Leute, die sich an Wetten beteiligen. Pferderennen, Boxkämpfe, Hunderennen und so weiter. Von Harrison erfuhr ich, daß er sich dies zunutze macht und laufend Buchmacher erpreßt. Wenn sich einer zu zahlen weigert, schickt Jones seine Schläger aus, alles Typen vom Format des Mannes, den wir ermordet in dem alten Keller aufgefunden haben.«

»Sie meinen, er kassiert Schutzgebühren von diesen Leuten?«

»So ungefähr. Nach dem Vorbild der amerikanischen Verbrecherbanden. Nur mit dem Unterschied, daß Jones das Geschäft in einem kleinen Umfang betreibt. Außerdem hat er Buchmacher erpreßt und andere Leute, die ohnehin einem zwielichtigen Gewerbe nachgehen und keineswegs in der Lage waren, bei den Behörden um Schutz zu ersuchen.«

»Das änderte sich aber, als sich Nick Carella einmischte?« Manfred zündete sich eine Zigarette an. »Allmählich heben sich die Nebel, Snake-Eye.«

»Gratuliere. Ich habe den ganzen Tag daran gearbeitet und bin noch immer nicht soweit, daß ich sagen könnte, der Fall ist gelöst. Es scheint aber, daß Nick Carella einen Mann herschickte, der mit Spaghetti-Jones Verbindung aufnahm. Ich bin fast sicher, daß dieser Gangster, von dem wir inzwischen ja wissen, daß er Art Montana hieß, für den Mord im Keller verantwortlich ist.«

»Warum?«

»Keine Ahnung. Ich habe nicht auf alle Fragen eine Antwort gefunden. Tatsache scheint es zu sein, daß Spaghetti-Jones sich weigerte, mit Carella Geschäfte zu machen. Statt dessen wurde Montana aus dem Weg geräumt.«

»Dieser Jones muß eine ganz schön harte Nuß sein«, sagte Leon.

»Das ist er auch«, bestätigte Dearborn. »Er räumte Montana aus dem Weg und kam anschließend auf die Idee, selbst groß in das Geschäft einzusteigen. Vielleicht hatte er sogar den verwegenen Plan, einen einzigen großen Coup zu landen, der ihm ein Vermögen einbringt, um anschließend auf Nimmerwiedersehen abzuhauen. Die Voraussetzungen dazu hat er. Sein Geschäft dient nämlich auch noch als Vermittlungsstelle von Briefen, die unter Deckadressen geschrieben werden.«

»Ganz schön vielseitig für einen ehemaligen Schriftenmaler.«

»An Phantasie und Geschäftssinn mangelt es ihm nicht. Sein Laden ist ein Kleinpostamt für Leute, die Geheimnisse haben und ihre Briefe weder in ihre Wohnung geschickt haben wollen noch einem Postfach anvertrauen. Sie können diese bei Jones jederzeit abrufen.« Dearborn winkte den Kellner heran und bestellte einen Brandy. »Im allgemeinen werden 6 Pence pro Brief berechnet. Das Gesetz sollte derartige Gebräuche verbieten, denn auf diese Art ist dem Betrug Tür und Tor geöffnet. In unserem Falle zeigt sich erst, wie leicht hier ein Verbrechen verübt werden kann, ohne dem Gesetz eine Möglichkeit zu geben, einzuschreiten. Antworten auf seine Drohbriefe bekommt Jones natürlich auf den Namen irgendeines Kunden, der gar nicht existiert. Sobald er in seinem Laden ist, kann er ihn ja nach Belieben öffnen oder geschlossen lassen, so daß er intakt ist, falls die Polizei den Laden kontrolliert. Im Spätsommer letzten Jahres wurde eine solche Kontrolle durch Inspektor Harrison durchgeführt. Ohne Ergebnis.«

»An wen soll denn die Gräfin das Geld schicken?«

Jetzt drehte Dearborn den Umschlag. In kleiner, zierlicher Schrift stand als Absender der Name H. Fracati darauf, c/o John Jones. Und die Adresse des Ladens in Notting Hill.

»Jones hat natürlich das Antwortschreiben der Gräfin mit all den anderen Briefen erhalten, die täglich bei ihm eingehen und dann abgeholt werden«, erklärte Dearborn. »Wir könnten jetzt erneut eine Ladendurchsuchung machen, und eventuell würde uns sogar das Schreiben der Gräfin in die Hände fallen, aber die Chancen sind nicht sehr groß. Jones ist mit allen Wassern gewaschen und macht so leicht keine Fehler.«

»Ein Fehler war es, sich mit Carella anzulegen«, wandte George Manfred ein.

Leon schüttelte den Kopf. »Warum denn? Bis jetzt ist doch – mit unserer Hilfe sozusagen – alles so gelaufen, wie er es geplant hat. Er weiß nicht, daß wir seit Wochen Art Montanas Leiche haben. Er weiß nicht, daß Franky Rizzoli inzwischen ums Leben gekommen ist, bevor er ihn aufsuchen konnte. Er hat keine Ahnung, daß Snake-Eye ihm auf die Sprünge gekommen ist und daß wir einen seiner

Briefe haben, weil sich die Gräfin nicht erpressen lassen will.«

»Sie hat ihm bereits über zweitausend Pfund geschickt, meine Herren. Sie nahm an, daß sie ihren Erpresser dadurch zufriedenstellen könnte, eine zwar törichte Annahme, die aber bei solchen Opfern üblich ist. Inzwischen forderte Jones immer mehr. Außerdem drohte er ihr mit dem Leben ihres Sohnes.«

»Entführung?«

»Wahrscheinlich. Es scheint, als hätte die Ankunft von Art Montana bei Jones nichts anderes als eine Art Größenwahn ausgelöst.«

»Und was sagt Scotland Yard dazu?« fragte Leon neugierig.

Inspektor Philander Dearborn holte tief Luft.

»Nichts«, sagte er nach einer Weile. »Der einzige, der genau Bescheid weiß, bin ich. Unsere Geheimnistuerei bringt mir noch eine ganze Menge Ärger ein, das steht fest. Die Presseleute sind mißtrauisch geworden. Heute morgen, als ich zum Office fuhr, versuchte mir ein Reporter vom *Daily Megaphon* unauffällig zu folgen. Gestern abend bemerkte ich, daß mir jemand bis nach Notting Hill folgte. Ich hatte eigentlich die Absicht, den Laden von Jones aufzusuchen, entschied mich aber dann dafür, in der Blindenwerkstatt nebenan ein Körbchen mit Papierblumen zu kaufen.«

»Haben Sie schon mit der Gräfin gesprochen?«

»Harrison tat dies an meiner Stelle. Ich kann es nicht riskieren, mich selbst um die Sache zu kümmern. Wenn man erfährt, daß ich seit einiger Zeit einen Fall ausbrüte, der immerhin schon drei Menschenleben gefordert hat, bin ich erledigt. Die Presse würde nicht eher Ruhe geben, als bis ich meinen Hut genommen hätte.« Dearborn trank sein Glas leer. »Besuchen Sie bitte die Gräfin, meine Herren. Sorgen Sie dafür, daß Sie beruhigt ist. Sagen Sie ihr, daß

Scotland Yard für die Sicherheit ihres Sohnes garantiert und daß sie stillhalten soll.«

»Und was passiert dann?«

Dearborn hob die Brauen. »Dann warten wir darauf, daß Jones einen richtigen Fehler macht.«

»Darauf, mein Lieber, können Sie vielleicht lange warten«, sagte George Manfred und wechselte einen vielsagenden Blick mit Leon.

Die Unterredung mit der Gräfin Vinci verlief sehr befriedigend. Sie trafen eine hochgewachsene, schöne Frau von etwa vierunddreißig Jahren an, von der sie in einem herrschaftlichen Salon empfangen wurden. Die Gräfin entpuppte sich als eine vollendete Dame, die während des ganzen Gespräches nicht ein einziges Mal aus der Fassung geriet oder auch nur die Stimme gehoben hätte.

Manfred, der sie rein menschlich betrachtete, war von ihr entzückt, aber Leon Gonsalez erschien sie zu unausgeglichen und normal, als daß sie sein fachliches Interesse als Hobby-Geschichtsforscher hätte wecken können.

»Natürlich bin ich sehr beunruhigt«, erklärte sie ihnen. »Phillip ist nicht sehr kräftig, obwohl ich ihn nicht etwa verzärtelt habe.«

Später kam auch ihr Sohn kurz in den Salon, ein schlanker, kleiner Junge mit dunklen Augen und schwarzen Haaren. Er war selbstbewußter und schien intelligenter, als Manfred nach seinen Jahren erwartet hätte. Seine Gouvernante, ein hübsches italienisches Mädchen, begleitete ihn.

»Mir ist es lieber, wenn das Haus nicht von Polizeibeamten umstellt wird«, sagte die Gräfin. »Ich vertraue Beatrice mehr als Scotland Yard.« Sie lächelte flüchtig. »Ihr Vater ist Polizeioffizier in Sizilien gewesen, und ihr Leben war jahrelang bedroht.«

»Macht der Junge weite Spaziergänge?« fragte Manfred.

»Er fährt zweimal am Tage aus. Entweder nehme ich ihn mit oder Beatrice – manchmal begleiten wir ihn auch beide.«

»Womit wurde Ihnen denn im letzten Brief gedroht?« fragte Leon Gonsalez.

»Ich werde Ihnen den Brief zeigen.« Sie ging zu einem Schreibtisch, schloß die Schublade auf und kam mit einem starken Briefbogen zurück. Das Papier war von bester Qualität, und wie schon auf dem Brief, den ihnen Dearborn vorgelegt hatte, sah die Schrift wie gestochen aus.

Sie werden uns am 1. März zwanzigtausend Pfund senden. Das Geld muß in Banknoten geschickt werden, und zwar an die Adresse von H. Frascati, c/o Jones, 194 High Street, Notting Hill. Sollten Sie dieser Aufforderung nicht nachkommen, so wird es Sie viel mehr kosten, Ihren Sohn zurückzuerhalten.

Darunter gezeichnet war das Kreuz der *schwarzen Hand.*

Manfred hielt das Papier gegen das Licht und trug es ans Fenster, um besser sehen zu können.

»Ja, ich dachte es mir schon«, sagte er, als er den Brief zurückgab. »Es wird äußerst schwierig sein, den Schreiber dieser Zeilen festzustellen. Da nützen unsere besten Methoden nichts.«

»Muß ich fürchten, daß auch Sie keinen Rat wissen?« Die Gräfin senkte für einen Moment bedrückt den Kopf, als sich die beiden Männer erhoben, um sich zu verabschieden.

Sie hatte diese Worte zwar an Leon Gonsalez gerichtet, aber es war Manfred, der ihr antwortete. »Ich kann Ihnen nur raten, Mylady, sich sofort mit uns in Verbindung zu setzen, sollte Ihnen etwas auffallen, irgend etwas, das nicht mehr so ist, wie es war; ein Fremder, der sich Ihnen nähert, oder sonst etwas, was Sie beunruhigen könnte.«

Als beide draußen waren und in die Stadt zurückfuhren, sagte Manfred, daß der Junge ganz bestimmt entführt werden würde.

»Das ist doch wohl nicht dein Ernst«, entgegnete Leon Gonsalez.

»Ich habe noch niemals eine Sache ernster genommen«, gab George Manfred zurück. »Entweder greifen wir uns Jones jetzt sofort, oder wir lassen ihn seinen Plan ausführen und schlagen danach zu.«

»Du willst ihn den Jungen entführen lassen?«

»Ja.«

»Ein unkalkulierbares Risiko, George. Ich weiß nicht, ob wir das verantworten können.«

»Wenn wir ihn jetzt schnappen, ist er morgen wegen fehlender Beweise wieder frei. Und dann, mein Freund, wird es nicht mehr so leicht sein, diesen gefährlichen Verbrecher zur Strecke zu bringen.«

»Das klingt, als ob du längst einen Plan hättest.«

»Hab ich auch«, sagte Manfred und schwenkte in die Curzon Street ein.

8. Kapitel
Zwei falsche Gangster

Noch einmal verging fast eine Woche, während der es dem Inspektor gelang, das Geheimnis um die *schwarze Hand* zu wahren. Er verließ sich diesmal ganz und gar auf George Manfred, der ihm versicherte, daß man ihn am Ende trotz alledem als einen Helden feiern würde.

Und Inspektor Harrison ließ seine Finger von Spaghetti-Jones, weil ihn Dearborn darum bat.

Es war weder George Manfred noch seinen beiden Partnern wohl in ihrer Haut, während sie darauf warteten, daß Spaghetti-Jones endlich zur Tat schreiten und seine Drohungen wahrmachen würde. Poiccart blieb sogar drei Abende hintereinander zu Hause und verzichtete darauf, sich mit seiner neuen Freundin zu amüsieren. Er kochte auch wieder, sorgte für das ausgiebige Frühstück und für die Blumen in der chinesischen Vase. Fast, so schien es, war er wieder der alte.

Es war an einem Dienstag, als das Telefon klingelte.

Dearborn war dran. »Es ist soweit«, sagte er atemlos. »Der Junge ist entführt worden. Manfred, wenn Ihr Plan nicht klappt, sind wir geliefert.«

George Manfred merkte, wie ihm für einen Moment die Kehle eng wurde. Etwas heiser fragte er Dearborn, was sich zugetragen hatte.

»Die Entführung war lächerlich leicht. Heute morgen, kurz vor dem Mittag, fuhr die Gouvernante mit dem Jungen im Auto aus. Sie nahm ihren üblichen Weg durch Hampstead Heath hinaus ins Freie. Gewöhnlich fahren sie einige Meilen durch die Heide in Richtung Beacon's Hill, machen einen Spaziergang und kehren dann um.«

»Heute hat sich der Nebel früh gelichtet, nicht wahr?«

»Ja, es herrschte strahlender Sonnenschein. Daß sie jeden Tag denselben Weg machten, ist natürlich heller Wahnsinn. Sie haben auch immer an der gleichen Stelle umgedreht, und diese Tatsache war natürlich den Entführern genau bekannt. Die Straße ist an dieser Stelle nicht besonders breit, und mit einem großen Rolls-Royce dort zu wenden, erfordert schon einiges Hin- und Hermanövrieren. Der Chauffeur war gerade damit beschäftigt, als ein Radler an ihn heranfuhr und ihm eine Pistole unter die Nase hielt. Zu gleicher Zeit erschienen plötzlich von irgendwoher zwei Männer, rissen die Tür des Wagens auf, nahmen der Gouvernante den kleinen Revolver weg, den sie seit dem ersten Drohbrief immer mit sich trug, und schleppten den schreienden Knaben zu einem Auto. Der Chauffeur der Gräfin hatte den Wagen vorher an der Straßenseite geparkt gesehen, leider aber keinen Verdacht geschöpft.«

»Irgendwelche Beschreibungen?«

»Vage. Die Männer trugen Strumpfmasken.«

»Und der Radler?«

»Nach Aussagen des Kindermädchens handelte es sich bei dem Radfahrer um einen Jungen, der noch keine sechzehn Jahre alt sein kann. Er trug Stiefel und eine Bomberjacke aus dem Krieg.«

»Und das Auto?«

»Nichts Besonderes und höchstwahrscheinlich gestohlen. Ein mausgrauer Vauxhall. Weder das Mädchen noch der Chauffeur waren imstande, das Nummernschild zu lesen. Es ging alles ziemlich schnell.«

»Sonst noch was?«

»Nein. Ich war draußen, im Haus der Gräfin. Natürlich ist sie völlig aufgelöst. Harrison kümmert sich um sie. Die Leute von der Spurensicherung sind am Tatort. Die Presse rührt sich, Manfred. Ich weiß nicht, wie lange ich noch stillhalten kann. Man belauert mich; man munkelt, daß ich etwas vertuschen würde. Man munkelt allerhand, Manfred. Mir wird der Kragen eng.«

»Hat denn die Gräfin schon eine Zahlungsaufforderung gekriegt?«

»Noch nicht. Aber wir rechnen damit, daß der Brief noch morgen früh ankommt.«

»Ich werde dort sein.«

»Beten Sie, daß dem Jungen nichts passiert, Manfred.«

Manfred sagte nichts darauf. Er hörte, wie Dearborn schwer ausatmete und dann auflegte.

Inspektor Harrison war im Haus der Gräfin, als George Manfred am nächsten Morgen hereingelassen wurde. Mißtrauisch musterte er den jungen Detektiv.

»Seit wann kümmert sich das Silberne Dreieck um den Fall?« fragte er mürrisch.

»Die Gräfin und ich, wir kennen uns von früher, Harrison«, sagte Manfred knapp und ließ sich in die Bibliothek bringen. Dort saß die Gräfin am Fenster, mit blassem Gesicht und verweinten Augen. Sie blickte kaum auf, als Manfred eintrat.

»Mylady, ich habe eine gute Nachricht für Sie«, sagte Manfred und näherte sich ihr leise. Sie hob den Kopf.

»Oh, guten Tag, Mr. Manfred«, grüßte sie ihn. »Ich wußte nicht, daß Sie im Hause sind.«

Manfred lächelte. »Wir kennen die Entführer Ihres Sohnes«, sagte er halblaut, so daß ihn ein Lauscher vor der Tür niemals hätte hören können. »Mein Sohn«, schluchzte sie. »Man wird ihn töten, wenn ich nicht zahle.«

»Das wird man nicht, Mylady. Ich verspreche Ihnen, daß ich Ihren Sohn wohlbehalten zurückbringen werde.«

»Wo ist er?«

»Das wissen wir leider nicht. Aber die Entführer sind uns bekannt. Wir haben nur darauf gewartet, daß sie zuschlagen. Es sind gefährliche Verbrecher, und es ist unsere Aufgabe, sie zur Strecke zu bringen. Und genau das werden wir auch tun.«

»Weiß Inspektor Harrison davon?«

»Nein. Aber Inspektor Dearborn steht Ihnen zur Seite, Mylady. Leider kann er heute nicht hier sein. Sie müssen mir vertrauen.«

Sie schluckte und blickte ihn lange stumm an. Dann nickte sie. »Ich vertraue Ihnen«, sagte sie.

»Gut. Haben Sie den Brief schon erhalten?«

Kaum hatte Manfred die Frage gestellt, klopfte jemand an die Tür. Es war der Butler, und der stritt sich mit Inspektor Harrison um einen Brief, der vom Postboten eben abgegeben worden war.

»Mylady, der Inspektor meint, daß er hier im Haus darüber befinden kann, was mit der Post zu geschehen hat«, stieß der Butler zornig hervor.

»Meine Herren, ich bitte Sie, sich zu benehmen«, sagte die Gräfin und erhob sich. »Ich nehme jetzt den Brief in Empfang, Inspektor.«

Harrison verzog sein Gesicht, wich aber zurück. Die Gräfin nahm ihrem Butler den Brief aus der Hand, machte die Tür zu und kam zum Fenster. »Hier«, sagte sie, und ihre Hand zitterte, als sie Manfred den Brief hinhielt.

Manfred öffnete den Umschlag und zog den Brief heraus. Diesmal war der Inhalt etwas länger.

Ihr Sohn wird an einem Platz gefangengehalten, der nur dem Schreiber dieser Zeilen bekannt ist. Der Raum ist vergittert und verschlossen und enthält Nahrung für vier Tage. Wenn die Summe von vierzigtausend Pfund, an die übliche Adresse, gezahlt ist, wird das Versteck bekanntgegeben. Andernfalls muß er dort verhungern.

»Mein Gott«, flüsterte die Gräfin und blickte Manfred entgeistert an. »Ich muß das Geld sofort schicken.«

Manfred schüttelte den Kopf.

»Madam, nehmen wir einmal an, Sie würden die vierzigtausend Pfund zahlen – welche Gewißheit haben Sie dann, daß Sie Ihren Sohn wiederbekommen? Sie sind eine reiche Frau. Ist es nicht wahrscheinlich, daß diese skrupellosen Verbrecher weitere Summen erpressen werden, wenn sie erst einmal Erfolg hatten?«

»Was kann ich tun? Mein Sohn ist in Lebensgefahr.«

»Ich weiß«, sagte Manfred ruhig. In solchen Situationen zeigte es sich, wie ruhig dieser Mann sein konnte. Diese Ruhe vermochte er auch auf die Gräfin zu übertragen. Sie vertraute ihm, als er sagte, daß die Bezahlung von vierzigtausend Pfund nichts anderes als Geldverschwendung sei. »Ich verspreche Ihnen, Ihren Sohn innerhalb von zwei Tagen wieder herbeizuschaffen. Vielleicht schon früher. Das hängt ganz davon ab, wie überzeugend ich meine Rolle als amerikanischer Großstadtgangster spielen kann, Mylady.«

Sie sah ihn etwas verwirrt an, stellte ihm aber keine Fragen mehr.

Spaghetti-Jones hatte in seinem Lieblingsrestaurant in Soho zu Abend gespeist. Er saß etwas entfernt von den anderen Gästen, und der Eigentümer des Lokals widmete ihm ganz besondere Aufmerksamkeit, da Jones ein großartiges Essen bestellt hatte und offenbar in Stimmung war, mit dem Trinkgeld nicht zu geizen.

Manieren hatte er allerdings keine. Er benutzte seinen Zahnstocher wie eine Brechstange und kümmerte sich nicht um die anderen Gäste. Auch nicht um den sportlich gekleideten Mann, der allein an einem anderen Tisch saß.

Es war beinahe neun Uhr am Abend, als Spaghetti-Jones

seine Rechnung bezahlte, aufstand und zur Garderobe ging. Der Gast am Nebentisch erhob sich ebenfalls. Auf dem Weg zur Tür kam er so dicht an der Garderobe vorbei, daß er Spaghetti-Jones mit dem Atem streifte, als dieser sich in den Mantel helfen ließ.

»Sorry«, sagte der Mann im Vorbeigehen. Jones hörte den Klang dieses Wortes, und er fuhr sichtlich zusammen. So wie der Mann »sorry« gesagt hatte, klang es, wie wenn Art Montana »sorry« gesagt hätte. Aber Art Montana war tot. Versenkt in der Themse und nicht wieder aufgetaucht, obwohl viele Wochen vergangen waren.

Jones nahm seinen Regenschirm in Empfang, klemmte ihn unter den Arm und verließ das Restaurant. Draußen war es dunkel. Einige Taxis warteten am Rand des Bürgersteiges. Jones sah sich nach dem Mann um, der vor ihm aus dem Restaurant gegangen war. Der Mann stand unter einer Laterne. Er war ein schlanker, noch junger Mann. Da er keinen Hut trug, beleuchtete das Licht der Straßenlaterne das schmale Gesicht. Es schien, als ob der Mann lächelte.

Aber das konnte auch eine Täuschung sein. Jones warf die Zigarette weg und ging auf das erste Taxi zu. In diesem Moment setzte sich auch der junge Mann in Bewegung. Fast gleichzeitig erreichten sie das Taxi. Spaghetti-Jones griff nach dem Türgriff, aber der Mann war noch schneller als er, und anstatt des Türgriffs berührte Jones den kalten Stahl eines Schalldämpfers, der auf die Mündung eines großen Revolvers gesteckt war.

Spaghetti-Jones zog die Finger zurück, als hätte er sie verbrannt. »Was . . . was soll das?« stieß er hervor. »Ich rufe die Polizei, wenn . . .«

»Das tust du nicht, Spaghetti«, sagte der Mann im typischen Akzent eines Amerikaners. »Wenn du nicht vernünftig bist, kriegst du auf der Stelle eine Kugel, verstehst du. Diesmal machen wir keinen Zirkus.«

»Zirkus? Ich verstehe . . .«

»Mein Name ist Rizzoli. Franky Rizzoli. Ich bin der Halbbruder von Art Montana.«

Jones merkte, wie ihm kalter Schweiß ausbrach.

»Was . . . was wollen Sie von mir?« fragte er. »Ich habe mit euch nichts zu tun. Ich kenne keinen Art Montana, und ich bin . . .«

»Steig ein!« unterbrach ihn der Mann hart. Von innen öffnete der Fahrer des Taxis die Tür. Spaghetti-Jones wollte zurückweichen, aber der Mann, der sich Rizzoli nannte, drückte ihm den Schalldämpfer in die Seite. »Steig ein!« wiederholte er. Und Jones gehorchte ohne Widerrede.

Das Taxi war zwar ein Taxi, aber der Fahrer war keineswegs ein Chauffeur. Das merkte Jones sofort, als der Fahrer das Handschuhfach öffnete. Darin lag nämlich ein Revolver, der keinen Schalldämpfer hatte.

Jones wurde für einen Moment fast ohnmächtig vor Angst. Dann aber fing er sich. Noch wußte ja niemand, was tatsächlich mit Art Montana passiert war. Noch hatte kein Mensch eine Ahnung, daß er die Gräfin mit Drohbriefen erpreßte. Diese amerikanischen Gauner wollten ihn wahrscheinlich nur einschüchtern.

Jones lehnte sich leicht zurück und versuchte es mit einem Grinsen. »Wo bringt ihr mich hin?« fragte er.

»Zu deinem eigenen Begräbnis, wenn du nicht spurst«, sagte der Mann neben ihm kalt.

Jones schluckte. Seine Kehle war ihm eng geworden, der Mund trocken. Der Wagen sauste durch New Cross, durch Lewisham und fuhr schließlich langsamer den Blackheath Hill hinunter. Jones erkannte die Gegend. Von Zeit zu Zeit hatte er hier erfolgreiche Unternehmen durchgeführt.

Jetzt erreichten sie die Heath Road. Der Mann an seiner Seite öffnete das Fenster, schaute hinaus, als wollte er sich orientieren, und wandte sich an den Fahrer. »Haben wir uns verfahren?«

»Ziemlich. Das ist nicht Chicago, Franky. Hier gehen die Straßen alle kreuz und quer.«

»Wo wollt ihr denn hin?« fragte Jones mit herausgepreßtem Atem.

»Wir wollen dem Laden einen Besuch abstatten.«

»Dem Laden? Welchem Laden?« schnappte Jones.

»Du weißt schon, was wir damit meinen. Deinen Laden. Wo dich Art Montana besucht hat. Dein Hauptquartier.«

»Ich habe kein Hauptquartier. Ich führe nur einen kleinen Laden in Notting Hill, und ich . . .«

»Halt die Luft an, Spaghetti. Wir wissen Bescheid. Wir wissen, was mit Art Montana passiert ist. Wir wissen, daß du dabei bist, einen großen Coup zu landen, und zwar ohne uns. Und das paßt uns nicht, verstehst du, Spaghetti?«

»Ich sage kein Wort mehr«, brummte Jones. »Aus mir kriegt ihr nichts heraus.«

»Das werden wir sehen.«

Sie fuhren weiter, und schließlich näherten sie sich Notting Hill. Vor der Blindenwerkstatt hielten sie an. Es war noch Licht dort drin. Wahrscheinlich hatte jemand vergessen, den Schalter abzudrehen. Das kam oft vor.

»Los, wir gehen in deinen Laden!« Der Druck des Revolvers in seiner Seite verstärkte sich. »Und versuch keine Tricks, Spaghetti. Bei uns ziehen deine Tricks nicht. Wenn du nicht vernünftig bist, fischen sie dich morgen aus der Themse. Wie Art Montana.«

»Den hat man bis je . . .« Jones brach jäh ab.

Der Mann neben ihm grinste spöttisch. »Du bist dabei, dir das eigene Grab zu schaufeln«, sagte er. »Steig aus!«

Jones stieg aus und ging gehorsam und schweigend in den Laden. Der Mann kam ihm nach. Der Chauffeur blieb draußen.

»Du machst nur im Hinterzimmer Licht an!« befahl der Mann, der sich Rizzoli nannte.

Im Hinterzimmer war es noch warm, obwohl der Ofen inzwischen ausgegangen war. Der Mann zeigte auf den Stuhl. »Setz dich!« befahl er.

Jones gehorchte sofort.

»So, und jetzt sagst du uns, wo du den Jungen versteckt hast!«

Jones schüttelte den Kopf. »Sie können mit mir machen, was Sie wollen. Ich werde nichts sagen! Kein einziges Wort!«

Der Mann mit dem Revolver trat in den Schein der Lampe, die über dem Tisch an der Wand hing. Jetzt konnte Spaghetti-Jones das tätowierte schwarze Kreuz auf dem Rücken der Hand sehen, mit der der Mann den Revolver hielt.

»Wir haben Zeit, Spaghetti«, sagte er höhnisch. »Wir haben viel mehr Zeit als du, weil du für das Leben eines kleinen Jungen verantwortlich bist. Wir können dich abmurksen, Spaghetti, wir können dich aber auch ganz einfach Scotland Yard ausliefern. Weißt du, was dir für die Entführung blüht, wenn der junge Vinci nicht überlebt?«

Jones war kreidebleich geworden. »Was wißt ihr?« fragte er krächzend. »Alles«, sagte der Mann. »Wir wissen, daß du den Jungen irgendwo versteckt hast, mit Proviant für vier Tage. Danach verhungert er.«

»Und was ist, wenn ich euch etwas sage?«

»Dann übernimmt die *schwarze Hand* die Sache, Spaghetti, und wenn wir die Sache übernehmen, dann lohnt sich das auch für dich! Hat dir nicht schon Art Montana diesen Vorschlag gemacht, he?«

»Zum Teufel mit euch!«

»Nun, dann warten wir eben.«

»Auf was?«

»Darauf, daß du schlappmachst.«

»Darauf könnt ihr lange warten.«

Der Mann, der das Taxi gefahren hatte, trat ein. Er flüsterte etwas in das Ohr des anderen, und der lächelte.

Jones setzte sich auf einen Stuhl. Er schlug die Beine übereinander und blickte die beiden Männer hochmütig an. »Ich habe auch Zeit!« behauptete er.

Sie gaben ihm keine Antwort. Einer machte es sich auf dem Sofa bequem und schnarchte bald leise vor sich hin. Der andere starrte Jones nur an.

Stunden vergingen. Immer wenn Jones die Augen zufielen, stieß ihn der Mann an. »Wach auf!«

Jedesmal schreckte Spaghetti-Jones empor.

»Du sollst nicht schlafen!«

»Warum denn nicht«, murrte der Gefangene. »Ich werde doch schlafen.« Er machte die Augen zu. Als er wieder einzunicken begann, stieß ihn der Mann hart an. Jones strengte sich an, wach zu bleiben. Aber schon nach einer Stunde übermannte ihn erneut die Müdigkeit. Diesmal wurde er von einem Strahl eiskalten Wassers ins Gesicht getroffen. Und der Mann, der bis jetzt geschlafen hatte, grinste breit vom kleinen Spülbecken herüber. »Reib dir den Schlaf aus den Augen, Jones!«

Jones wollte aufspringen, aber der Mann hatte plötzlich seinen Revolver in der Hand, und das Grinsen auf seinem Gesicht erstarb. »Wo hast du den kleinen Grafen versteckt, Jones?«

»Ich weiß nicht, wovon ihr redet!« Jones lehnte sich zurück. Er war hundemüde. Manchmal fielen ihm die Lider zu, ohne daß er es merkte.

Um sechs Uhr morgens starrte er mit rotgeränderten Augen vor sich hin.

Der zweite Mann wurde wach. Er erhob sich. »Na, Spaghetti«, sagte er und gähnte. »Noch immer trotzig?«

Jones sagte nichts.

Immer wieder sank sein Kopf auf die Brust nieder, und in immer kürzeren Abständen weckte ihn der Wasserstrahl vom kleinen Waschbecken her, klatschte ihm ins Gesicht oder gegen die Brust und erinnerte ihn daran, daß er diesen kaltblütigen Gangstern hoffnungslos ausgeliefert war.

Es war acht Uhr am Morgen, als ihn der Mann, der sich Franky Rizzoli nannte, mit dem Revolver unsanft anstieß.

»Wo ist Graf Phillip Vinci?« fragte er unbarmherzig.

»Lassen Sie mich schlafen!« schrie Jones in hilfloser Wut. Er rieb sich mit den Händen das nasse Gesicht. Haarsträhnen klebten in seiner Stirn. Er war dem Zusammenbruch nahe.

»Wie hast du Art Montana umgelegt?«

»Dies ist eine Folter, ihr verfluchten Halunken! Ich werde . . .«

Jones wurde vom Klingeln des Telefons unterbrochen. Er wollte sich sofort erheben, aber der Mann, der das Taxi gefahren hatte, drückte ihn auf den Stuhl nieder und drohte ihm mit dem Revolver. Der andere wartete einen Moment, bevor er zum Telefon ging und den Hörer abhob. »Hallo?« fragte er.

Am anderen Ende der Leitung blieb es einige Sekunden still. Dann fragte jemand nach Jones.

»Spaghetti ist leider verhindert, mein Freund«, sagte der Mann am Telefon schleppend. »Kann ich ihm vielleicht was ausrichten?«

»Wer sind Sie?« fragte eine helle Jungenstimme.

Der Mann am Telefon lachte leise.

»Man nennt mich Franky das Wiesel. Ich bin sicher, daß du von mir gehört hast, falls du mit Art zusammengetroffen bist.«

»Art . . . Herrgott, ich bin . . .« Die Stimme am anderen

Ende der Leitung verstummte. Mehrere Sekunden verstrichen. Der Mann am Telefon sagte noch einmal »Hallo«. Er bekam keine Antwort. So legte er auf und wandte sich mit einem fast fröhlichen Grinsen im Gesicht Spaghetti-Jones zu. »Das war der Junge«, sagte er.

»Ran . . .« Spaghetti biß sich auf die Unterlippe.

»Wir kennen ihn«, sagte der Mann, der auf dem Handrücken ein schwarzes Kreuz tätowiert hatte. »Er trägt oft eine Bomberjacke, nicht wahr?«

Spaghetti-Jones biß die Zähne zusammen. Er wurde schier wahnsinnig, aber noch hatte er die Kraft, eisern zu schweigen.

Randy hatte von einer Telefonzelle aus angerufen. So wie es abgemacht war. Jetzt näherte sich der Junge dem Laden von hinten. Und das war nicht abgemacht. Manchmal blieb er stehen, um sich sichernd umzusehen. Er war vorsichtig. So leicht würden sie ihn nicht erwischen. Außerdem hatte er den Revolver in der Tasche seiner Jacke. Notfalls würde er ihn gebrauchen. Notfalls würde er einen dieser amerikanischen Gangster einfach erledigen, damit sie gleich wußten, woran sie mit ihm waren.

Bei der Hintertür blieb er noch einmal stehen und sah sich um. Ein schmaler Streifen Sonnenlicht fiel in die Hintergasse und beleuchtete einen verbeulten Abfalleimer. Daneben stand ein altes Fahrrad. Ein kleiner Junge bestrich es mit roter Farbe. Randy kannte den Jungen nicht, aber er erinnerte sich, daß er auch einmal ein Fahrrad gehabt hatte, rot und mit Schutzblechen aus richtigem Chrom.

Randy griff mit der linken Hand nach der Klinke. Er drückte sie vorsichtig nieder, aber die Tür gab nicht nach. Randy ließ die Klinke los und klopfte dreimal gegen die Tür. Das war sein Zeichen. Dreimal in einem ganz bestimmten Abstand.

Es dauerte nicht lange, bis sich jemand meldete.

»Bist du das, Kid?« fragte eine Stimme. Es war nicht die von Jones.

Randy spuckte aus. Irgendwie klang das wuchtig. »Bist du das, Kid?« Spaghetti hatte ihn nie Kid genannt.

»Mach auf, Mann!« forderte Randy.

»Die Tür ist auf«, kam die Antwort.

Randy versuchte es noch einmal, und tatsächlich ging die Tür jetzt auf. Er stieß mit dem Fuß dagegen und öffnete sie weit. Er konnte in das kleine Hinterzimmer hineinsehen, und da saß Jones auf einem alten Stuhl mitten in einer Wasserlache. Er sah furchtbar mitgenommen aus, ganz so, als hätte ihn jemand schlimm durch die Mangel gedreht.

Im Hintergrund konnte Randy die dunkle Gestalt eines hageren Mannes sehen, der seine Arme über der Brust verschränkt hatte. Der Mann trug eine Sonnenbrille mit Spiegelgläsern. Das dunkle Haar war kurz geschnitten und auf der linken Seite gescheitelt. Die Zigarette hing schief in seinem Mundwinkel.

»Worauf wartest du, Kid?« fragte er so zerkaut, als klebte ihm Gummi an den Zähnen. »Eine Einladung kriegst du keine, verdammt.«

»Und mit wem habe ich die Ehre?« fragte Randy näselnd.

»Rizzoli. Das ist mein Name. Franky Rizzoli aus Chicago. Man nennt mich auch das Wiesel.«

Randy merkte, wie ihm das Blut in den Kopf stieg. »Wer schickt dich?«

Der Mann gab ihm auf diese Frage keine Antwort. Er hob nur seine Hand und zeigte dem Jungen den Handrükken, auf dem das schwarze Kreuz eintätowiert war.

Randys Herz schlug ihm bis in den Hals hinein.

»Gut«, sagte er. »Gut. Ich habe auf dich gewartet, Mann.«

Er nahm schwungvoll zwei Stufen und wollte eintreten. Aber in diesem Moment bewegte sich im Halbdunkel neben ihm ein Schatten. Randy erstarrte. Dann wurde er herumgerissen. Ein Schlag, der ihn in den Nacken traf, lähmte ihn, während er haltlos in den Raum hineintaumelte.

Der Mann, der ihm den Handrücken gezeigt hatte, trat ihm in den Weg, packte ihn an den Aufschlägen seiner Bomberjacke und stieß ihn so hart gegen die Wand, daß sich ein Regal löste und zu Boden krachte.

Nach Atem ringend, mit butterweichen Knien, stand Randy an der Wand und machte beinahe in die Hose. Der Mann, den er vorher nicht gesehen hatte, knallte die Tür zu und schob den Riegel vor. Dann kam er auf Randy zu und streckte die Hand aus.

»Gib mir die Kanone, Kid!« sagte er leise, aber in seiner Stimme war etwas, was Randy für einen Moment in Todesangst versetzte. Seine Kehle wurde ihm so eng, daß er kaum mehr Luft kriegte. Trotzdem schüttelte er den Kopf. »Das . . . das könnt ihr nicht mit mir tun!« keuchte er.

»Und warum nicht, Kid?« fragte der Mann, der sich Franky Rizzoli genannt hatte. Er lächelte etwas mitleidig.

»Weil . . . weil . . .« Der Junge schluckte. Ganz langsam richtete er sich auf und holte dabei tief Luft. »Weil ich einer von euch bin!« brach es dann aus ihm heraus. »Hier, seht her!« Er zeigte ihnen seine Hand mit dem Kreuz darauf, und als er die Verblüffung in ihren Gesichtern sah, verzog sich sein Mund ganz langsam zu einem schmalen Grinsen.

»Well?« fragte er. »Das ist aber 'ne Überraschung, was?«

»Wer, zum Teufel, bist du, Kid?« fragte der Mann mit der Sonnenbrille.

»Sag ihnen nichts, Randy«, rief Jones warnend von seinem Stuhl herüber. »Kein Wort, hörst du. Die haben keine Ahnung von nichts, und . . .«

»Halt den Mund, Spaghetti!« schnappte Randy in die Richtung des Mannes, der wie ein Häufchen Elend auf dem Stuhl saß. »Die Leute sind von der *schwarzen Hand,* verstehst du. Jetzt ändert sich einiges, glaub es mir!«

»Herrgott, Junge, wir sind doch dabei, ein Vermögen zu machen! Du verdirbst alles, wenn du dich mit diesen Gangstern verbündest!«

Randy bleckte seine Zähne. »Ich glaube, du hast keine Ahnung, worum es hier geht, Spaghetti«, stieß er spöttisch hervor. »Du warst nur immer ein kleiner windiger Ganove. Du hast Leute wie Billy Pyburn und mich ausgenützt! Du hast uns deine Dreckarbeit verrichten lassen! Aber das ändert sich jetzt. Deine Zeit ist vorbei, verstehst du. Jetzt ist alles anders.«

Randy hatte sich von der Wand gelöst. Seine Augen glühten vor Aufregung, als er vor Spaghetti-Jones hintrat. »Du bist erledigt, Spaghetti«, sagte er scharf. »Du hast dich selbst überschätzt, als du beschlossen hast, Art Montana umzubringen!« Und dabei wandte sich Randy den beiden Männern zu. »Er war es«, sagte er und zeigte mit dem Daumen auf Jones, der völlig in sich zusammensank. »Er hat ihn niedergeschossen. Und dann hat er ihn in der Themse versenkt, mit einem Gewicht dran und . . .«

»Das war deine Idee!« schrie Jones. »Du warst von allem Anfang an dabei, du hinterlistige Kröte. Du hast Montana umgelegt, weil er deinen Freund Billy Pyburn ermordet hat.«

Randys Mund wurde schmal. »Das ist eine unverschämte Lüge!«

»Der Junge ist in Ordnung, Spaghetti«, sagte der Mann mit der Sonnenbrille. »Ich glaube, der Boß wird sich freuen, wenn er von ihm zu hören kriegt.«

»Ich komme mit nach Chicago, wenn der Boß mich sehen will«, sagte Randy schnell.

Der Mann mit der Sonnenbrille legte ihm brüderlich die Hand auf die Schulter. »Und wer macht dann die Geschäfte hier?«

»Welche Geschäfte?«

»Zum Beispiel das Geschäft mit dem kleinen Grafen Phillip Vinci.«

Spaghetti-Jones hob den Kopf. »Verrate ihnen nichts«, flehte er. »Sie werden uns beide umbringen, glaub es mir.«

»Die Sache erledigt sich von selbst«, erklärte der Junge, ohne sich um Jones zu kümmern. »Die Gräfin zahlt, das steht fest. Wir brauchen nur auf den Umschlag mit dem Geld zu warten.«

»Und was ist mit dem Jungen?« fragte der Mann mit der Sonnenbrille kalt. »Hast du ihn erledigt, Kid?«

Randy hob die Brauen. »Erledigt? Hm, diese Kröte richtet keinen Schaden mehr an! Den habe ich in einem alten Keller untergebracht. Nicht weit von hier. Und dort findet ihn keiner, das steht fest. Seit man dort Billy Pyburn gefunden hat, ist alles abgesperrt, und kein Mensch wagt sich in den Bau rein. Man sagt, daß er demnächst abgerissen wird.«

Der Mann mit der Sonnenbrille lächelte, als er auf den Jungen zuging. »Zeig noch mal deine Hand, Kid«, verlangte er. »Ja, die mit dem Kreuz.«

Randy streckte voller Stolz seine Hand aus, aber anstatt daß der Mann die Tätowierung bewundert hätte, zauberte er plötzlich ein Paar Handschellen hervor. Bevor Randy dazukam, seine Hand zurückzuziehen, schnappte die stählerne Spange um sein Handgelenk.

»Well, Kid«, sagte der Mann mit der Sonnenbrille. »Gibst du mir die andere Hand freiwillig, oder soll ich dir einen Polizeigriff demonstrieren, bei dem vielleicht sogar dir die Tränen kommen?«

Randy starrte den Mann mit weit aufgerissenen Augen und offenem Mund an. Er wollte zurückweichen, aber der Mann packte ihn, wirbelte ihn herum und drehte ihm den anderen Arm aus der Bewegung heraus auf den Rücken. Randy kamen tatsächlich die Tränen, als sich die zweite Spange um sein anderes Handgelenk schloß.

Der Mann mit der Sonnenbrille trat zurück. »Dein Traum ist aus, Randy«, sagte er. »Schau her.«

Er trat an das Waschbecken und ließ Wasser über seinen Handrücken laufen. Das Kreuz darauf löste sich auf und rann über die Finger auf das weiße Porzellan des Beckens nieder. »Mein Name ist George Manfred. Mein Partner Leon Gonsalez und ich, wir sind vom Silbernen Dreieck!«

Spaghetti-Jones brach in ein irres Gelächter aus. Er taumelte auf seine Füße und wankte auf den Jungen zu. »Du Narr!« schrie er. »Was ich dir geboten habe, war dir nicht genug, wie? Du hast geglaubt, daß du das Zeug hast, einer der ganz großen Gauner zu werden. Wie Al Capone! Oder dieser Nick Carella! Dabei bist du noch nicht einmal trokken hinter den Ohren, du Kröte!«

Jones bebte am ganzen Körper, als er vor dem Jungen stehenblieb.

Randy wollte etwas erwidern, aber dann grub er trotzig die Zähne in die Unterlippe und schwieg.

Leon Gonsalez nahm Spaghetti-Jones beim Arm und führte ihn zum Stuhl zurück. Völlig aufgelöst sank der Verbrecher darauf nieder.

Draußen klopfte jemand an die Tür. Leon machte auf. Es war Inspektor Philander Dearborn, der an der Spitze einiger uniformierter Beamter das kleine Hinterzimmer stürmte.

»Alles unter Kontrolle, Inspektor«, meldete George Manfred.

»Und wo ist der kleine Graf Vinci?« stieß Dearborn nervös hervor. »Was soll ich mit diesen beiden Gaunern hier? Ich dachte, ich kann hier den Kleinen in Empfang nehmen und seiner Mutter zurückbringen.«

George Manfred und Leon Gonsalez wechselten einen Blick.

»Eigentlich hatten wir vor, die Befreiung des Grafen Ihnen zu überlassen, Verehrtester«, sagte Leon Gonsalez. »Aber da man Sie kaum je zufriedenstellen kann, werden wir halt die Arbeit allein zu Ende bringen.«

Ohne sich um den verdutzten Inspektor zu kümmern, verließen Leon Gonsalez und George Manfred das Haus. Sie hörten, wie Dearborn ein paar kurze Befehle gab, bevor er ihnen nachstürzte. Er holte sie ein, als sie die Hintergasse erreichten, die zu der alten Bauruine führte.

Dearborn keuchte wie ein erschöpftes Nilpferd, weil seine Nase wieder einmal total verstopft war. »Wohin gehen wir?« fragte er. »Das hier kommt mir alles so bekannt vor.«

»Sie waren schon einmal da, Snake-Eye«, sagte George Manfred. »Damals zeigten wir Ihnen die Leiche im Keller. Das war noch vor Weihnachten.«

»Vor Weihnachten . . .« keuchte Dearborn.

Seither schien eine Ewigkeit vergangen zu sein. Der Platz vor dem alten Gebäude lag im Sonnenschein. Manfred brauchte nicht lange nach einer Lücke im alten Gemäuer zu suchen, die in den Keller führte. Und dort fanden sie tatsächlich Phillip Vinci, gefesselt, geknebelt und völlig verschüchtert. Als sie mit ihm zur High Street zurückkehrten, lauerte dort bereits die Presse.

»Das ging aber schnell«, staunte George Manfred, und er blickte Dearborn von der Seite an. »Die müssen Ihnen ganz schön dicht auf den Fersen gewesen sein.«

»Ich habe die Presse heute früh benachrichtigt«, gab Dearborn zu, und sein Gesicht rötete sich etwas aus Verlegenheit. »Ich bin froh, daß es tatsächlich geklappt hat, Manfred. Das hätte sonst ganz schön ins Auge gehen können.«

George Manfred und Leon Gonsalez blieben stehen, als die Reporter auf sie zustürzten. Inspektor Philander Dearborn jedoch hob den kleinen Grafen auf seinen Arm, so daß sie ihn alle sehen konnten. Blitzlichter zuckten auf, und der Inspektor verschwand in der Menschenmenge.

George Manfred und Leon Gonsalez entfernten sich und gingen die High Street hinunter.

»Auf die Schlagzeilen bin ich gespannt«, sagte Manfred, als sie am Schaufenster des Zeitungsladens vorbeigingen, der Spaghetti-Jones gehörte. Es waren nur Zeitungen vom Vortage ausgestellt, und die Tür war noch verriegelt, obwohl die Glocke der nahen St.-Mary's-Kirche schon zehn Uhr schlug.

[illegible] gehen kön-
nen.

[illegible]

[illegible] auf

[illegible]

[illegible]

[illegible]